Impressum

Copyright 2007 by Flora Engel
Herstellung und Verlag:
Books on Demand GmbH, Norderstedt
ISBN: 9783833499210

äätsch' ich lebe

Oder:

Wie ich für mein kleines Ich ein Baumhaus
baute...

Geschrieben
von
Flora Engel

Warum so ein Buch?

Das mag manch einer von euch vorher oder auch noch nach dem Lesen der folgenden Seiten denken. Doch es ist mir ein Bedürfnis gewesen, meine Gedanken, alle diese Gefühle in einen Rahmen zu packen, der sie genauso behütet, wie ich lerne mich zu behüten.
Lasst euch auf Gefühle ein, denn sie sind ein Schritt ins Leben.
Auch Traurigkeit, Wut, jedes Gefühl kann wohl tun, es ist ein Ausdruck von Leben.
Die Freude kommt mit der Zeit, der Mut wächst mit jeder kleinen Bestätigung.
Lass dich nicht runterziehen vom Drumherum, und wenn, dann versuche den Weg aus der Tiefe bewusst zu erleben, entdecke die guten Kanten und Ecken deiner Wege und
VERLIERE NIEMALS DEN MUT!
Heute, nach Jahren der Auseinandersetzung mit meiner Geschichte, meiner Person, bin ich guter Hoffnung, dass auch du den Mut hast, Mut zu finden!!!
Meine Geschichte beginnt an einem eigentlich ganz normalen Tag, in einer Nacht wie es so viele gibt, oder?

Oktober 2001

Es ist mitten in der Nacht, ich schlafe bei einer
Freundin.
Seit Tagen, nein seit Wochen geht es mir nun
schon schlecht.
Ich habe Schlafprobleme, ich habe Träume. Keine
guten, Träume ohne Bilder, Träume die mir in der
Nacht die Ruhe rauben und am Tag den Atem.
Mir fehlt zunehmend die Kraft meinen Alltag zu
bewältigen, ich hasse alle Routine, alle Extras.

Jetzt, mitten in dieser Nacht ist es da, stärker als
je zuvor, real, greifbar.
„wer ist da???" ich spüre es genau, ich spüre die
Anwesenheit dieser Angst in Form einer Person.
„geh weg, du machst mir Angst"
Verdammt, ich bin doch wach, warum kriege ich
keine Luft, warum verschwindet dieses Etwas nicht
aus meinem Rücken????

Oh, Mann, jetzt drehe ich total durch. Ich bin 30
Jahre alt und fürchte mich zu Tode. Wie
lächerlich komme ich mir vor, wie groß ist diese
Panik? Es geht soweit, dass ich zu meiner Freundin
ins Schlafzimmer schleiche, verfolgt vom Nichts,
mich zu ihr ins Bett verkrieche und versuche die
letzten wenigen Stunden bis zum neuen Tag rum zu
bekommen.
Mehrfach noch schleicht der Schatten um mich

herum, aber ich höre langsam auf zu zittern.

Endlich ist es Tag, ein neuer Tag mit Arbeit und der Auseinandersetzung mit dem Alltag.
Ich versuche die Nacht abzuschütteln, es war doch nur ein Traum.
Ok, kein gewöhnlicher, aber doch mal wieder nur ein Traum.
Noch mal sammeln, die Maske der freundlichen Kollegin aufsetzen und los geht´s.
Aber was ist denn jetzt los? Der dumme, unverschämte Kommentar eines Kollegen geht mir voll unter die Haut, ich versuche mich auf meine Arbeit zu konzentrieren,
aber anstatt dass mein Automatismus anspringt, passiert gar nix.

Ich bekomme keine Luft, mir wird es ganz eng, ich muss hier raus.

Damit ein Ersatz an meine Stelle gesetzt werden kann, sage ich keuchend dem Kollegen vom Morgen, dass ich dringend zum Arzt müsse. Aber er bleibt seiner Linie treu und anstatt zu helfen, schickt er mich mit den Worten:
„nicht das du krank machst" aus dem Haus.

Vor der Tür atme ich erst mal tief durch, es gelingt mir kaum, es ist, als ob der Weg in die Lunge gesperrt sei.

Mein erster Weg führt mich zum Arzt, der mir aber umgehend klipp und klar bescheinigt, mit der Lunge ist alles ok, egal was mit mir los sei, organisch ist da nix zu finden.
„haben sie denn in der letzten Zeit Probleme?"

Wow, eine Frage, ein Hauch von Verständnis für das Häufchen Elend, dass da vor ihm sitzt, und bei mir ist kein Halten mehr.
Ich breche zusammen, weine, kann nicht mehr aufhören.
Es ist mir auch egal, sollen doch jetzt mal die anderen sehen wo sie bleiben, ich kann nicht mehr, bin am Ende, will aussteigen, meine Ruhe, weg von diesen dunklen Bildern der Nächte, weg von allen Menschen, die sich einen Dreck für mich interessieren.

Weg vom Leben?

Nein, das eigentlich nicht. Den Gedanken hatte ich doch schon in der Jugend als unsinnig verworfen.
Aber was war mit mir los, ich war am Ende.

Der nächste Weg führte mich zum Psychologen, klar kannte ich schon. Hatte ich schon mal versucht.
War auch ganz gut für mich gewesen, aber ich war nie in die Tiefen meiner selbst vorgedrungen, ich nicht und auch sonst niemand.

Aber jetzt war klar, es muss sich etwas ändern,
ich gehe grade vor die Hunde und ein Hauch von
Kraft und Wut in mir verhindert mal wieder, dass
ich einfach aufgebe.
Ich weiss genau, es gibt Gründe und Ursachen für
meine Lage, ich weiss genau, ich will da wieder
raus. Ich bin an einem Punkt, wo ich verdammt
noch mal endlich das Recht habe in Frieden und mit
Freude zu Leben.

Ich werde erst mal krank geschrieben, suche mir
eine Therapeutin, die mir das Schicksal
glücklicherweise gönnt, und ergebe mich zunächst
einmal bodenlosem Selbstmitleid.
Ach, das tut irgendwie gut, grausam gut.

Das ist grausam für die Menschen, die an meiner
Seite leben. Es ist grausam für meinen Mann, der
Mensch, der als einziger wirklich an meiner Seite
lebt.
Er fühlt genau, ich bin allein abgetaucht in meine
zerstörte, kaputte Welt, und er und auch sonst
niemand darf jetzt hier rein.

Niemand traut es sich, außer meiner Therapeutin,
sie gibt mir von Anfang an das Gefühl der
Sicherheit. Ich habe die Chance zur Ruhe zu
kommen, meine Gedanken zu suchen.

Gedanken vom September 2001:

Da ist ein Kind, es wird ständig
... in Frage gestellt
... geprügelt
... geschlagen
... der Böswilligkeit verdächtigt
... vollkommen lächerlich gemacht
... bloß gestellt
... in seinen Gefühlen beschämt

dieses Kind, es lernt
... sich zu verachten
... gegen andere zu kämpfen
... sich nichts mehr zuzutrauen
... Schuld zu fühlen
... ein schlechtes Gewissen zu haben

so ein Kind sitzt im Dunkeln,.... fühlt seine
Ohnmacht gegenüber anderen und sich selbst
... lernt sich selbst nie kennen und sehnt sich
nach seiner Identität ....

... und immer wieder sitzt man im Dunkeln ...
... tagelang ... wie früher ... gelähmt ...
angsterfüllt ... traurig ... passiv ... man sitzt da
und weiß nicht mal, dass man nur dasitzt ... es
geschieht einfach ...

Ich fange an meine Gedanken zu formulieren und
mit den Worten kommen auch Bilder, immer
deutlicher und ich habe zunehmend den Drang
Wort und Bild aus mir heraus zu lassen.

Gedanken vom 01.10.01

wohin soll ich mit all meiner wut?
die sie verdient haben, verstehen es nicht, es
interessiert sie nicht.
wohin soll ich mit all meiner liebe?
denen ich sie schenken will, es gibt sie nicht.
aus angst davor, die gleichen fehler an meinen
kindern zu begehen, bleibe ich lieber eine
mutter-in meinen träumen.
wohin mit all meiner wut.......

Zum Glück gab es auch schon in meiner frühesten
Kindheit Menschen, die sich gegen ´Ihn´
auflehnten, rebellierten, mich in den Sog des
Lebens mitnahmen. Auch diese Momente reichten
aus, mich so stark die Lust auf Leben fühlen zu
lassen, dass ich früh Meisterin im Überleben
wurde.
Leider hat mein Vater die Fäden letztendlich
immer in der Hand gehalten, er hat es wie kein
anderer verstanden seine Umwelt in Abhängigkeit
zu bringen, ohne seine eigenen Schwächen zu
zeigen. Heute weiss ich, er war und ist und bleibt
der einsamste Mensch weit und breit, aber so ein
kranker Geist findet keine Fehler bei sich. Er wird
bis an sein Ende davon überzeugt sein, richtig
gehandelt zu haben. Soll er doch, aber ohne mich…
wenigstens einmal hat er sich kräftig verrechnet.

Einblicke in meine Kindheit:

(geschrieben im Oktober 2001, ich war am
Anfang der Grossen Wahrheiten)

Im April 1971 wurde ich geboren. Meine Mutter
konnte mich nicht bei sich behalten und daher
habe ich meine ersten Lebenstage in einem
Säuglingsheim verbracht. Erfahren habe ich das
allerdings erst mit Mitte 20. Doch dazu später.
Zunächst bin ich immer davon ausgegangen
meine leibliche Mutter sei bei meiner Geburt
gestorben. Nicht dass dieses je Thema war, ich
habe mir das selber so zurechtgelegt. Irgendwo
musste ja meine Mutter geblieben sein.

Mein leiblicher Vater hat über
Gerichtsbeschluss das Sorgerecht für mich
erhalten und wurde in Einverständnis mit
meiner Mutter zum alleinerziehenden Elternteil.
Ein Amtsgericht machte das Ganze dann
offiziell. Ich war jetzt ein für ehelich erklärtes
Kind, das nur einen Vater hatte. Aber hatte ich
denn wirklich einen Vater?
Soweit ich mich entsinnen kann habe ich von
Anfang an bei der großen Schwester meines
Vaters gelebt: Sie war für mich bis lange in das
Erwachsenwerden meine Mutterfigur, obwohl
ich schon sehr früh wusste, dass es nicht der
Realität entspricht, war es doch eine Zuflucht
für meine frühkindliche Verwirrung.
Sie war für mich Mama, aber obwohl sie 10
Jahre älter war als ihr Bruder, hatte der sie voll
unter Kontrolle.
Mein Vater sprach nie von ihr als Mutter oder
Mutterersatz, im nachhinein glaube ich sogar,
dass es ihm gar nicht gefiel, wie ich die Sache

gesehen habe. Geändert hat er zunächst trotzdem nichts daran.

In der Woche fuhr er in die große Stadt, um seiner Arbeit als Grundschullehrer nachzukommen.

Er ließ mich bei ihr, ihrem Ehemann und ihrem Sohn- damals schon 20 Jahre alt- leben. Es war ein Paradies für ein Kind. Großes Grundstück mit Bäumen, Garten, einem riesigen uralten Haus mit meterdicken Mauern und Nischen. Es gab einen Schäferhund, es gab Natur pur, den Fluss direkt vor der Nase, alte Autos, die mein Cousin repariert hat, das Haus war eine große Baustelle mit viel Schmutz und Spaß.

Vater´s Schwester war Krankenschwester seit dem 2. Weltkrieg und hat in einem Betreuungsheim gearbeitet. Dort war ich schon als Säugling gern gesehener Gast und später gehörte ich genau so zu diesem Heim, wie die Nonnen, die Kinder und Frauen, und sie. Wenn sie gearbeitet hat ging ich dort von Hand zu Hand, am meisten hat sich doch jedoch eine Bewohnerin des Heimes, die inzwischen selber dort arbeitete, um mich gekümmert, Mutti 2. Der Kontakt zu ihr und dem Heim ist in den letzten 10 Jahren fast ganz abgebrochen. Mit 2 ½ Jahren etwa durfte ich mit der Schwester, die die Leitung des örtlichen Kindergartens innehatte mitgehen.

Dieser Kindergarten war für die Kinder des Nachbardorfes und einige behinderte Kinder auf Ganztagsbetreuung ausgelegt. So war es möglich, dass Vater´s Schwester arbeiten konnte und ich war gut unter.

Nach den Dinsten ging es dann mit dem Bus zurück zum Hause Kunterbunt.

Oder ich habe die Nacht im Heim im Dienstzimmer in einem Bett verbracht. So genau kann ich das nicht mehr sortieren, wie das war. In guter Erinnerung ist mir vor allem das selbstgemachte Eis aus der heimeigenen Küche geblieben, davon gibt es sogar eines meiner wenigen Kinderphotos, das auf dem Kindergartengelände gemacht wurde. Auch eines meiner Lieblingsmelodien habe ich aus der Zeit im Kindergarten mitgenommen: Der kleine Trommler...ramtatamm

Doch die negativen Erinnerungen sind auch da. Eins meiner größten Probleme war, das ich immer wieder in die Hose gemacht habe. Wenn es lief, dann lief es. Die Erziehungsmaßnahmen im Kindergarten waren in diesen Fällen recht eindeutig: Jeder durfte es sehen, und dafür gesorgt haben die Verantwortlichen indem sie einen dicken Putzlappen in die Ersatzhose gepackt haben. Trotzdem waren es schöne Jahre im Kindergarten, denn ich hatte nun mal eine Sonderstellung, die meist die negativen Punkte überwog, außerdem war ich schon sehr früh in der Lage negatives einfach aus dem Kopf zu schieben, zumindest zeitweise.

Das soziale Engagement von Vater´s Schwester hatte nicht nur Vorteile.

Im Dorf half sie einer sozial schwachen Familie mit 5 oder 6 Kindern immer aus. Diese haben auch bei uns verkehrt, waren meine Spielkameraden, obwohl sie doch ganz heftig gerochen haben, was mir späterhin noch fatal in Erinnerung bleiben sollte.

Der Umgang mit dieser Familie verbaute mir von vorneherein den normalen Umgang mit den Dorfkindern.

Außerdem haben bestimmte Ereignisse in unserem Haus zu einem fraglichen Ruf geführt.

Die Erinnerung daran ist gering. Ich muss 2 oder 3 Jahre alt gewesen sein, als ich drei Häuser weiter zum Bäcker in Obhut gekommen bin. Ich hatte ein Kleidchen an und weiß dass ich hinter der Backstube an den Tisch gesetzt worden bin. Den Rest weiß ich von späteren Berichten und Versprechern von unvorsichtigen Erwachsenen, wobei ich auch nicht weiß inwiefern mir wichtige Details fehlen: Mein Vater hielt sich an diesem Tag in dem Haus auf. Wie auch immer und warum auch immer es ist Polizei erschienen und sein Schwager ist ausgerastet. Im Laufe der folgenden Ereignisse starb wohl ein Polizist und mein Vater wurde wohl auch angeschossen. Sein Schwager hat diesen Tag nicht überlebt. Ich meine zu wissen, dass seine Schwester seitdem gesundheitlich immer mehr abgebaut hat.

Na ja, und ich war seither das Mädchen aus dem alten, kaputten Haus und den Repressalien der ganzen Dorfkinder ausgesetzt. Es hat auch irgendwie nie jemanden wirklich interessiert wer ich bin und warum ich so lebe. Irgendwann nach der Sache mit der Schiesserei hat mich mein Vater zum ersten mal mit zu seiner Bekannten, eine Witwe, mitgenommen. Freitags wurde ich abgeholt, dann ging es 1 Stunde im Auto ab zu dieser Frau und ihren 3 Kindern, die waren damals so ca.7, 9 und 11 oder so.

Ich kann gar nicht sagen wie alt sie genau sind, das war nie so das Thema. Sonntagsabends ging's dann zurück nach Hause und Vater musste weiter zur Wochenarbeit.

Wieder ein Wochenende rum.

Die Autofahrten habe ich gehasst, im Auto meines Vaters gab es keine geöffneten Fenster und der Benzinkanister stank mit jeder Woche mehr, so dass der Gedanke daran mir heute noch Übelkeit bereitet und mir die Luft wegbleibt.

Als ich eingeschult wurde war diese Tante auch dabei.

Rote Lederhose und roter Ranzen mit Katze drauf. Die ersten zwei Schuljahre waren im gleichen Dorf, der Schulweg nur einen Steinwurf. Dennoch haben die Raufereien mit den Mitschülern alleine in den ersten beiden Jahren einen offenen Unterkieferbruch, und einen Winter später eine Unterarmfraktur zustandegebracht. Mit dem Wechsel in das dritte Schuljahr und damit der Start einer täglichen Busfahrt von ca. 20 Minuten kam auch der Wechsel in mir. Wer mich mit mehreren verprügelt hat, den hab ich mir im Dorf einzeln vorgeknöpft.

Vater´s Schwester sprach nur noch vom „Mörderbus". Tränen waren an der Tagesordnung, mein Garten und mein Nussbaum meine Zuflucht.

Die Erstkommunion war ein Debakel. Mein ach so streng katholischer Vater hat mich erst Wochen vor der Kommunion taufen lassen, die Tante wurde zur Patentante.

Und weil das Taufkleid ein schönes gebrauchtes, von der Tante hergerichtetes kurzes Kleidchen, sie war Schneiderin, in den paar Wochen nicht zu klein war, ich konnte essen, soviel ich wollte, stand ich am Weißen Sonntag in einem schönen altmodischen Dorf, inmitten von Mädels mit langen traumhaften Kleidern und ich hab mich geschämt wie selten zuvor.

 Hausaufgaben waren vom ersten Schultag verhasst, bis heute, doch meine schulischen Leistungen waren eindeutig gut genug für das Gymnasium.

Ich dachte ich würde in meinem zu Hause bleiben und von dort das Gymnasium besuchen, doch das war nichts. Vater´s Schwester hatte in der Zwischenzeit einen Schlaganfall, in der Zeit als sie im Krankenhaus war, hat mein Vater mich zur Tante gebracht und ich habe auch die Schule in ihrer Stadt besucht. Es waren die letzten Tage vor irgendwelchen Ferien, aber ich weiß nicht ob es im dritten oder vierten Schuljahr war.

Während mir die Tante sauberes, exaktes Familienleben vorlebte, vermisste ich jede Minute meine Freiheit.

Dort zu Eigenständigkeit und Verantwortung allen Kreaturen und der Natur gegenüber angehalten,

erlebte ich bei der Tante eine sterile Umgebung, die absolute Kontrolle.

Dort im Wald herumstromernd, Tiere und Pflanzen liebend,

bei der Tante die Prüfung der gewaschenen Hände vor dem Essen.

 Das mein Vater und sie nicht nur tiefe Freundschaft, sondern auch eine sexuelle Beziehung verband, habe ich erst viele Jahre später erfahren

In meiner Gegenwart kam es nie zu Körperkontakten, um mich nicht zu verwirren, oder so was muss der Grund gewesen sein. Absoluter Schwachsinn. Aber das Problem haben die beiden bis heute, sie können nicht über ihre Belange reden.

Im nachhinein habe ich erfahren, dass mein Vater seiner Schwester und allen die sich um mich gekümmert haben, versucht hat, genaue Regeln für das Verhalten mir gegenüber zu erstellen.

Einer derjenigen die das kaum interessiert hat war mein Cousin.

Er hat für mich bis heute in der folgenden Priorität Bedeutung: er ist mein Bruder-Papa-Cousin, und das nicht nur weil er ein bewundernswerter Mensch ist.

Er hat sich für den Naturschutz engagiert und hat gegen Atomkraftwerke demonstriert, er hat mir früh gezeigt, dass nicht alles so hingenommen werden darf, wenn man etwas erreichen möchte in Sachen Umwelt und Menschlichkeit.

Der Einfluss den er auf mich hatte und der Gesundheitszustand von seiner Mutter haben meinen Vater dazu bewogen, mich durch eine örtliche Umsetzung dem Ganzen zu entziehen. Mit dem Schulwechsel kam auch der Tapetenwechsel.

Jetzt ging der Kampf um mein Ich erst richtig los.

Tja, jetzt war ich Teil eines Kleinstadtgymnasiums, und mit meinen Dorfsitten kam ich nicht weit.

Krank vor Heimweh, aggressiv, weil mir es keiner erklären wollte warum überhaupt, habe ich alles versucht um die Tante zu vergraulen.

Ich habe im Kleinen gekämpft.

Das fing mit dem erzwungenen Frühstück an. Säuerliches, billiges Aldivollkornbrot, das mir heute noch Brechreiz verursacht, mit süßem Belag, weil morgens isst man keinen Käse oder Wurst. Ich hasse Frühstück bis heute, wenn es nicht mindestens eine Stunde nach dem Aufstehen sein soll. Das Schulbrot genauso: Igitt ! Ich hätte es ja wegwerfen können, aber ich hab es in meinen Sachen versteckt, wo die Tante es unweigerlich bei einer ihrer Kontrollen finden musste.

Und schon gab es den größten Krach.

Freitags kam mein Vater von der Schule, meine Schulhefte hatten sauber geordnet auf der Truhe im Hausflur zu liegen, damit sie schnellstmöglich nach dem Einnehmen seiner Mahlzeit der seinigen Kontrolle zugeführt werden konnten.

In der kurzen Zeit bis dahin hat die Tante meist schon einen Bericht darüber abgelegt, was für ein schrecklicher Mensch ich doch bin, wie verkommen und eigentlich unerwünscht, man habe mich ihr ja untergeschoben.

Der Sohn war damals in der Lehre und hatte ein Zimmer außerhalb der Dreizimmerwohnung unter dem Dach, mein Vater schlief im Wohnzimmer, die Töchter waren aus dem Haus. Mein Zimmer grenzte an das Wohnzimmer, und wenn ich im Bett war, konnte ich die Tante und meinen Vater immer streiten hören, und immer war ich das Thema. Wenn die Gespräche leiser wurden, habe ich mich an die Wand gedrückt, um was zu verstehen, dabei wusste ich genau, was gesagt wurde. Doch mit jeder Demütigung wurde ich immer mehr zu dem Menschen der ich heute bin.

Als der Mann der jüngsten Tochter verunglückte, kam ihre kleine Tochter zu mir ins Zimmer. Sie war ein kleines etwa zweijähriges Madchen, und wir haben uns das Leben in diesem Zimmer nicht leicht gemacht. Jetzt hatte ich gar nichts mehr für mich, nicht einmal die Illusion von Privatsphäre, die ja doch auch immer nur pro forma war.

Der Kontakt zu Schulkameraden war auch so gut wie nicht möglich. Im gleichen Haus lebte ein Mädchen aus der Parallelklasse, aber wer will schon zu Leuten gehen, die einen erziehen wollen und das strenger und aggressiver als in den eigenen vier Wänden? Außerdem sind Spielkameraden, die sich stündlich und persönlich in der Wohnung melden müssen, auch wenn der Aufenthaltsort vor dem Küchenfenster liegt, nicht besonders interessant. Aber verletzlich war ich und das hatten die anderen schnell raus.

Irgendwann, nach Monaten hatte ich mein Zimmer wieder für mich alleine und zumindest abends im Bett unter der Decke mit einem Buch aus der Bücherei, war ich in meiner Welt.

Aber ich hatte wieder dieses Problem mit dem Bettnässen. Es ging soweit, dass ich das Bett nachts abgezogen habe, damit es am Morgen wieder trocken war. Als das aufflog, habe ich angefangen auf dem Boden zu schlafen, oder habe ohne Decken mit irgendwas drunter im Bett gelegen. Nachgekuckt hat in der Nacht eh niemand.

Die Tante konnte gut kontrollieren, wenn ich in der Schule war. Dann sind alle Schubladen, Regalinhalt, usw. nachgeschaut worden.

Und einmal hat sie ja auch tatsächlich etwas relevantes gefunden: Einen Brief an zu Hause, in dem ich mir alle Verzweiflung von der Seele geschrieben hatte.

Ich hätte ihn niemals abgeschickt, selbst wenn ich irgendwie an eine Briefmarke gekommen wäre. Es hätte sie umgebracht zu wissen, wie es mir wirklich geht. Lieber habe ich gar nichts erzählt.

Aber die Tante hat den Brief gefunden, gelesen(mein Beweis, dass sie wirklich geschnüffelt hat),

und mich von da an jahrelang damit erpresst, ihn meinem Vater zu zeigen, diesen Lügenschrieb.

21

Da der auf ihrer Seite stand, hatte ich Riesenangst davor, was mit mir geschieht, wenn es dazu kommen würde. Die harten Schläge an den Kopf, wie ich sie sowieso fast jedes Wochenende zu spüren bekam, waren so schon unerträglich. Wie sollte ich also damit umgehen?

Weglaufen, sterben, verschwinden, von der nächsten Brücke springen, ... Das konnte ich Vater´s Schwester nicht antun.

Ihr zuliebe wollte ich durchhalten.

Außerdem, ohne Geld kommt man eh nicht weit. Ich hatte es versucht.

Für eine Tafel Trauben-Nuss aus dem Aldi hat es gereicht. Jetzt mal schauen, wie weit ich komme. Über die Bahngleise, weg von dieser verhassten Welt. Ein Zug kommt nicht, aber der nächste Bahnhof liegt in dieser Richtung. Vorbei an einem schönen Bach, einfach hier sitzen bleiben,... .

Das bringt auch nichts. Im nächsten Ort werde ich aufgegriffen von Leuten, die mich mit der Tante in Zusammenhang bringen. Da war ich ca. 6 Stunden unterwegs gewesen. Mit 29 hat man mir dann mitgeteilt, dass ich mit dieser Aktion die Beziehung von der Tante und meinem Vater zerstört hätte, klar, wer denn sonst?

Darüber geredet wurde nicht, mit meinem Vater durfte ich nicht mal telefonieren, vielleicht wollte er auch nicht, und Freitag war er ja sowieso wieder da und alles beim alten.

Telefonieren war eh nicht möglich, war abgeschlossen, weil ich ja sonst hunderte von Mark vertelefoniert hätte?

Na ja, mit dem Essen, das war auch so was. Nebenher gab´s nix, mal ne Tüte Chips am

Wochenende von meinem Vater, wenn er gut drauf war.

Die schönste Zeit waren die Schulferien.

Es war unausgesprochenes Gesetz, dass ich dann für ein paar Tage nach Hause durfte. Wie lange genau, das lag im spontanen Ermessen meines ..., klar Vaters.

Oft rief er dann an, dass er in einer Stunde käme, oft stand er auch einfach in der Tür und ich musste wieder packen.

Einmal war es ganz krass. Ich hatte mein Köfferchen gepackt für die Weihnachtstage, hab es mit rein genommen, fast schon ausgepackt. Da hat der gute Mann uns mitgeteilt, dass ich nicht bleiben werde in diesen Ferien. Die Schulleistungen waren nicht so gut... .

So weit ich mich erinnere habe ich die erste 4 im Zeugnis im 7. Schuljahr gehabt, und die erste 5 im Halbjahreszeugnis im 9.

Aber mein Hausaufgabenverhalten war Anlass für ein Gespräch am Elternsprechtag.

Die Dresche, die folgten waren schlimm, und das mein Vater mich hinterher in den Arm genommen hat um mich oder sich zu trösten, war noch schlimmer.

Ich dachte, das Thema wäre damit durch, aber der Hammer kam ja dann noch mit dem Ferienentzug.

Wenn ich aber in den Ferien bleiben durfte, war das oft sehr schön. Stundenlanges fernsehen, und wenn mein Cousin nicht da war, sogar an seinem Buntfernseher. Essen bis zum Umfallen und weiter, oft ins Maßlose, ich hab alles gekriegt und alles genommen.

Der Nussbaum war mein Baum, da hab ich drin gesessen und gelesen, oder einfach nur dagesessen.

Der magere Kontakt zu den anderen Kindern war abgebrochen, ich war also alleine. Bis auf die Kinder von der Familie, wie oben schon erzählt. Die waren oft da. Zumindest die Kleinste, die war 1 oder 2 Jahre älter als ich und die Jungens, die langsam erwachsen wurden.

Das war mein Pech. In einem Sommer hab ich auf dem Minigolfplatz nebenan sexuellen Missbrauch durch den Kassierer erlebt, er hat sich vor mir einen runtergeholt und mich festgehalten, da war ich 12 glaub ich.

Im Sommer darauf hab ich das dem einen der Jungens erzählt, als wir im Wald spazieren waren, und der hatte nichts besseres zu tun als sich mit mir ein Späßchen zu machen, mich zu Boden zu drücken und meine Brüste zu saugen. Die blauen Striemen hatte ich jahrelang und auch heute sieht man noch leichte Narben.

Gemerkt hat keiner was, den Kontakt zu ihm hab ich abgebrochen, und meine erste Schwärmerei für einen Jungen in der Schule hab ich gleich aufgegeben.

Ich war nur noch ein Stück Müll.

Zurück in Tante´s Wohnung, denn zu der Zeit war ich schon nur noch geduldeter Gast, hat sie mich in dem Gefühl weiter bestärkt.

Um dem allem ein Ende zu machen hatte ich nicht den Mut.

Ich habe mich anders über Wasser gehalten. Was mir verweigert wurde, hab ich mir genommen. Ich habe angefangen zu kämpfen, ich konnte gar nicht anders, als es zu nehmen.

Im Geschäft habe ich einmal Süßigkeiten geklaut, bin natürlich erwischt worden. Nachbarskinder haben das mitgekriegt und mich monatelang damit aufgezogen.

Aus Angst mein Vater könnte es dadurch erfahren- ich war mit einer Verwarnung in dem Laden davongekommen- habe ich es ihm unter Tränen erzählt.

Ärger hat damals mal die Tante gekriegt, die Folgen habe ich dann zu spüren bekommen. Denn ich hatte das ja nur getan, um sie in Schwierigkeiten zu bringen...

In der Schule habe ich oft tagelang nicht gesprochen, kein Wort. Ich konnte das gut. Ich war alleine, aber es konnte auch keiner zu mir. Ich habe nach und nach Kontakt zu wenigen Mitschülern gehabt und je älter ich wurde, umso engagierter war ich auch in der Jugendarbeit tätig.

Die katholische Jugend und die Kindergruppen waren ja kirchlich und somit zeitlich eng abgegrenzt für mich zugänglich. Kinderchor und Jugendraum gaben mir die Möglichkeit, mich ein wenig von der Tante abzugrenzen. Obwohl ich absolut unfähig war, mich in einer Gruppe wohl zu fühlen und die Akzeptanz mir gegenüber zu verstehen – das ist auch heute noch oft so – ging es mir doch stundenweise ganz gut. Alles war gut, wenn es bedeutet hat, nicht in diesem Haus sein zu müssen. Irgendwann gab es da nur noch Hass und die Luft war voller Aggression.

Mit fast 16 habe ich zum ersten mal meine Tage gekriegt. Einen BH hatte ich bis dahin nicht bekommen: dein Busen ist noch klein genug, das muss nicht sein. Ich hab mir einen bei einer Freundin besorgt, der war ihr eh zu klein.

Wie ich mit Binden oder so was umgehen sollte habe ich mir zusammengereimt, zum Reden hatte ich keinen, die Binden musste ich der Tante entwenden, ich hatte kein Geld.

Es war mal wieder Freitag, ich war nicht gut drauf, mein Vater kam heim. Ich hatte eine Binde beim Wechseln im Bad liegen lassen, die Tante hat sie präsentiert.

Was für eine unglaubliche Sauerei, und wo hat sie die Binden überhaupt her???

Das waren mit Abstand die schlimmsten Schläge, die ich je von meinem Vater gekriegt habe. Ich bin gegen den Kleiderschrank geflogen und selbst als ich auf dem Boden lag hat er nicht aufgehört in blinder Wut zuzuschlagen. Ich werde das nie vergessen, wie die Tante in der Tür steht und zuschaut. Und als die Besinnung zurückkehrte meint mein Vater mich trösten zu müssen, hält mich im Arm und versucht mich zu beruhigen. Es war wie immer so, dass ich nach Prügeln vor lauter Weinen nicht mehr atmen konnte, alles tat weh, der Bauch, der ganze Körper. Nahe der Hyperventilation würde ich heute sagen. Mein ganzer Körper war dann so verkrampft, nichts geht mehr.

Es waren die letzten Prügel von meinem Vater, ob er gemerkt hat, das ich beinahe mehr abgekriegt hätte? Er hat immer mit der flachen Hand auf den Kopf geschlagen, jahrelang. Keine blauen Flecken. Und meine Schmerzen konnte ja keiner sehen. Außer dem Kopfweh hat mich ständiges Bauchweh begleitet. Bis heute ist es für mich der Kummerfaktor, wenn ich solches Bauchweh kriege, weiß ich, dass ich an einer Sache zu kauen habe.

Ein paar Wochen vor dem Abi stirbt Vater´s Schwester.

Jetzt ist mir mal wieder alles scheiss egal. Auch mein Freund, den ich zu dieser Zeit an meiner Seite habe, kann mir nicht helfen.

Ich will das Abi schmeissen, schaffe es aber
nicht, zu viele Prüfungen sind schon gelaufen,
die Punkte reichen, egal was kommt.
Ok, Hauptsache jetzt raus aus diesem Kaff, weg
von der Tante und dem Vater.
Führerschein und Auto war bereits in
Eigenregie geschafft und der Sommer bis zur
Lehre wurde locker mit jobben überbrückt.
Schade nur, dass mein Freund meinte er müsse
sich mir gegenüber zunehmend aggressiv
verhalten, das war das Ende einer jungen Liebe.
Zum Glück hatte ich jedem anderen gegenüber
den Mut, mich nicht so verdammt schlecht
behandeln zu lassen, wie es mein Vater immer
noch tun konnte. Er schlug mich zwar nicht
mehr, aber er erpresste mich durch seine pure
Existenz. Wie und wieso verstand ich nicht,
noch nicht...

Woher sollte ich zu diesem Zeitpunkt auch wissen,
dass mein Vater versucht hatte, ein asexuelles
Kind zu erziehen?
Es sollte noch lange dauern, bis ich diese
Zusammenhänge ahnen konnte.

Ich habe seit Wochen ständig Bauchweh gehabt,
dieses Kummerbauchweh, bevor ich seelisch
zusammengeklappt bin vor 6 Wochen.

Jetzt haben wir Dienstag, den 02. Oktober 01 und
ich habe das Gefühl wieder am Ende meiner Kraft
zu sein: Ich befinde mich auf einer Gratwanderung
zwischen Gesundwerden und Umwelt.

Das einzige was klar ist, ich will endlich frei sein, glücklich sein, für mich da sein.

Gedanken vom 02.10.01

Hey du: ich werde dich nie wieder Vater nennen,
denn als Vater würdest du deine Tochter kennen
hey du: ich werde nie wieder Papa sagen ,
denn als Papa würdest du mein Leben mittragen
hey du: von jetzt an bist du ein Bekannter für mich,
denn du interessierst dich ja eh nicht
hey du: wer braucht in Zukunft eigentlich wen?

Ich bin jetzt in der Phase des Aufbäumens und kann nicht ahnen wie lange, wie weit, wie verzwickt, wie schmerzhaft, wie hoffnungslos, wie erbarmungslos dieser Weg noch sein wird. Es ist erst der Anfang und das einzige was ich zu diesem Zeitpunkt mit Sicherheit weiss, dass in meinem Leben etwas verdammt schief läuft und irgendeine Riesensauerei sich abgespielt hat. Warum sonst sollte ich fast sämtliche Erinnerungen an Kind und Jugend nicht mehr finden können?
Ich komme mir vor wie ein löchriger Eimer, aus dem alle wichtigen Infos verschwunden sind. Oder schlummert die Lösung, die Antwort auf alles in meiner Seele?

Was hat es auf sich mit den Erinnerungen, die als Träume auftauchen?
Ich wage es kaum zu kämpfen, denn kämpfen hat meistens schlimme Folgen für mich oder meine Lieben. Doch wer kann jetzt noch gefährlich sein, wer ausser den gelernten Mechanismen kann mir jetzt noch aktiv schaden?

Gedanken vom 07.10.01

<es ist nicht zu fassen, welche Wege meine Gedanken gehen
<in der Nacht werden Bilder real, die kann ich sonst nicht sehen
<da ist es egal, ob erwünscht oder nicht,am Tage unauslöschbar in mir verborgen,
 in der Nacht alles zutage bricht
<und dann habe ich Angst wieder ins Bett zu gehen,
 finde keine Ruhe mehr, will endlich verschwinden, will keinen mehr sehn
<will keinen mehr sehn, vor allem nicht mich
 bin nichts mehr wert, lasse mich selbst im Stich
<Ängste, Schmerzen, nicht auszuhalten,
 will meine Gefühle ausschalten...
<werde ich auch mal träumen vom Glück?
 Gehe ich mal gerne in mein Leben zurück?
<ich weiss es nicht, doch heut ist es nicht so,
 wer weiss, vielleicht bin ich morgen wieder froh

ich wünsche euch allen schöne! süße! Träume
ich bin dankbar, dass es euch alle gibt...

Ich hatte Zuflucht im Internet gefunden. Unter dem Aspekt der Depression hatte ich einen Chatroom gefunden, in dem ich gleichsam kämpfende Menschen fand, mit guten und schlechten Tagen. Hier war immer jemand, zu jeder Tages- uns auch Nachtzeit. Ich konnte rumalbern, Frusst ablassen, war nicht alleine, wenn mein Mann zur Arbeit und ich mir selber ausgesetzt war.

Hier konnte ich meiner Gefühlsachterbahn so richtig freien Lauf lasen, ohne meine direkte Umgebung zu torpedieren.

Gedanken vom09.10.01

ich bin gut drauf, bin richtig fröhlich... es wird mir bewusst,
ich kann es nicht mehr geniessen
ich bin traurig, einfach traurig... es wird mir bewusst,
ich muss es analysieren
ich bin unter freunden, total relaxed,...es wird mir bewusst,
ich will nur noch weg
ich werde geliebt, so wie ich bin,... es wird mir bewusst,
ich kann es nicht mitfühlen
ich bin alleine, endlich ruhe... es wird mir bewusst,
ich fülle meine Umgebung mit tönen
ich fühle mich wohl in meiner haut, mag mich gerne... es wird mir bewusst,
ich h*asse mich wieder
ich bin müde, unglaublich müde...

ich habe angst einfach einzuschlafen und ich zu
sein

Meine Therapie ist in Gang gekommen, ich gehe
häufig zu den Stunden, die mich auf mich selbst
zurückwerfen, mein Leben in Frage stellen, mich
aus der Tiefe heraus in die nächste Verzweiflung
hinein zerren.

Gedanken vom 15.10.01

Ich will kein looser sein,
nein, will mal zeigen, dass ich was kann
ich will nicht kraftlos sein,
nein, will zeigen, dass ich das pack
ich will nicht verzweifelt sein,
nein, ich will voller mut vorwärts gehen
ich will nicht traurig sein,
nein, will andere mit zum lachen bringen
aber ich bin schwach, ausgepumpt, weiss nicht
weiter,
ziehe andere mit runter
so will ich nicht sein, doch so bin ich
wie es wohl weitergeht?

Der Wirrwarr in mir stellt sich zunehmend
schwierig dar, ich schaffe es kaum in die
Normalität zurück zu kehren. Ich kämpfe mal
wieder jemand anderem zu liebe um mich selbst.
Die Liebe meines Mannes hält mich am Leben,
obschon mir klar ist, wie sehr er unter der
Passivität, in die ich ihn zwinge, leidet. Meine

Einzelkämpfer-Natur lässt nicht zu, dass er mir zu nahe kommt, ganz abgesehen davon, dass ich nicht weiss, wie er mir helfen könnte.

Gedanken vom 26.10.01

Manchmal wünschte ich, es sei alles vorbei.
Dann müsste ich mich nicht mehr quälen mit
Erinnerungen, Intrigen, lästigen Gedanken.
Ich müsste mich nicht entscheiden, für oder
gegen etwas oder jemanden.
Ich müsste nicht mehr gegen den Schmerz und
die Trauer kämpfen,
wegen verlorener Zeit oder entgangener Liebe.
Ich könnte aufhören nach Menschen zu suchen,
die mich verstehen und denen ich nicht lästig
bin.
Ich wäre nicht mehr müde, zu müde,
um wirklich leben zu können.
Mich selber zu mögen wäre dann kein Thema
mehr.
Ich könnte frei und glücklich sein...
Doch dann wäre ich ja nicht mehr.
Gibt es denn nur diesen einen Weg frei und
glücklich zu sein?
Bleibt ansonsten nur der tägliche Kampf um
einen weiteren überstandenen Tag?
Bin ich mir das wert?
Es ist ein Weg – der zeigt, dass man vor sich
selber wegläuft.

Ich stelle mich meinen Gedanken, fange an, das Knäuel in meinem Kopf zu entwirren. Welche Fragen beschäftigen mich eigentlich?

Wer bin ich? Wo sind meine Wurzeln? Wer ist
meine Mutter? Was hat mein Vater mir eigentlich
alles angetan? Was hat er seiner ganzen Welt
angetan?

Wer hier zum Täter wurde, ist klar, auch dass ich
Überlebende, dass ich Opfer bin wird klar. Aber
was habe ich eigentlich überlebt, wo verdammt
sind die Bilder zu diesen Gefühlen, die Besitz von
meinem Leben ergreifen?
Nur wenn ich es lerne zu verstehen, habe ich eine
reale Chance. Nur wenn ich den Mut und die Kraft
finde zu suchen, kann ich aus diesem Sumpf
heraus.
Ich brauche Klarheit, muss meine Wurzeln selber
finden und prüfen, ob ich damit leben kann und will.

Gedanken vom 28.10.01

Was doch ein Wochenende alles bewirken kann.
Ich finde wieder Worte, die mir ermöglichen,
klarer zu denken.
Ich habe neuen Mut für eine neue Woche
geschöpft.
Ich werde versuchen alles etwas lockerer zu
nehmen, nicht alles so eng zu sehn.
Ich werde mich nicht gleich aufregen über die
anderen, die egal-menschen um mich herum.
Ich lasse mich nicht provozieren und
diskutieren können ja auch mal die anderen,
bringt mir ja eh nix.

Und wenn ich merke, wie es immer enger wird,
wie sich der Hals zuschnürt,
dann denke ich an frische Luft, Freiheit, einen
schönen Tag am Meer.

Und wenn ich spüre, dass ich platzen könnte
vor Wut, dann nehme ich mir die Freiheit auch
mal egal zu sein, so wie es meine Umwelt mir
gegenüber auch ist.

Ein guter Vorsatz, vielleicht hält er ja auch ein
bisschen an.
Ansonsten werde ich es wohl nächste Woche
und die Woche danach wieder versuchen.

Es wird Zeit wieder ins Leben zurück zu gehen.
Der Versuch wieder in die Arbeit einzusteigen
macht mir Angst, aber mit einer riesigen Portion
Trotz im Gepäck starte ich das Projekt.

Gedanken vom 29.10.01

wie oft war ich schon sprachlos
-   weil jemand gemein zu mir war
-   ungerecht
-   mich wie müll behandelt hat
-   einfach ignorant war
-   keine liebe zu sehen war
-   nur hass zu spüren war
-   alles voller aggressionen war
-   ich mich einfach nicht gewehrt habe
weil ich es ihnen oft genug geglaubt habe...
ich fange an mein leben zu leben, mich zu
wehren...

jetzt sind andere sprachlos, sprachlos über
mein verhalten!

Die Bilder, die sich über meine Gefühle in mir
bilden wollen raus, suchen weiter nach einem
Ventil.

Ein Gespräch in der Therapie beinhaltet meine
Theorie vom Hammer in meinem Leben, denn immer
wenn ich anfange zu entspannen, mein Leben zu
genießen, Glück aufbaue, kommt wieder der
nächste „ Hammer".
Er erinnert mich grob daran, dass ich in meinem
Schneckenhaus bleiben soll. Doch die Frage meiner
Therapeutin, ob ich den Hammer nicht mal malen
könnte, löst eine wahre Flut aus.

Also ziehe ich los, kaufe mir Papier und Stifte,
begebe mich in die Tiefen meines Ich´s und fange
an zu malen.

Ich muss auf den richtigen Zeitpunkt warten, muss
alleine sein. Niemand soll mich in dieser offenen,
hilflosen, schutzlosen Lage stören.
Also warte ich, bis ich mein Haus für mich allein
habe, begebe mich in die Tiefen meiner Gedanken,
fange an zu fühlen.
Ganz bewusst fordere ich diese Gefühle heraus,
ich fürchte mich nicht, ich mache mir klar, dass
ich in einer guten, sicheren Umgebung bin.
Es klappt.

Mein erstes Bild...

Versteck und Verbannung

Es entsteht im Halbdunkel der Nachttischlampe,
kommt erst langsam, ergänzt sich von ganz allein,
ist plötzlich fertig, ist gut so wie es ist...

Es zeigt mich, ...

Mystik und Verdammung

Das zweite kommt gleich hinterher, es ist erschreckend wie einfach sich Gefühle zu Bilder wandeln. Es ist faszinierend, wie einfach sich Gefühle kanalisieren...

Im Strudel

Gedanken vom 05.11.01

Ich steh auf, habe ein seltsames Gefühl in den
Knochen,
war ein anstrengender Traum, oder war er sogar
deprimierend?
Na, ich schüttle ihn ab, starte in einen neuen
Tag,
ich will alles geben und bin guten Mutes.
Mitten drin im Treiben des Tages ist es wieder
da,
dieses Gefühl,
 wie war das noch mal?
Traurig war ich, als ich wach wurde,
müde war ich, als hätte ich nicht geschlafen.
Es zieht mich runter, meine Konzentration lässt
nach,
ich will lieber alleine sein, doch ich stehe
zwischen meiner Umwelt.
Noch 4 Stunden, dann kann ich Heim fahren,
noch mal nachdenken...
es nervt alles und jeder, ich werde dieses Gefühl
nicht mehr los,
ich falle in diess Loch,
alles ist dunkel, ich merke
wie die Luft immer dünner wird...
und dannn: hy du, dir geht´s ja viel besser, als
vor ein paar Wochen, klasse
und ich: ja klar, alles im Griff

bloss keine Schwächen zeigen, stark sein,
erst mal hier rauskommen und durchatmen.
Gut, keiner hat was gemerkt.
Aber was ist denn nu,
geht´s mir denn wirklich besser,
nur weil ich mein Theater wieder gut hinkriege?
Geht es mir besser,

wenn andere daran glauben, dass es so ist?
Vielleicht zieht mich der Glaube der anderen
wieder
An die Oberfläche,
dahin wo ich atmen kann, auch ohne mich zu
verstecken.

Man soll es kaum glauben, doch in all diesem
Schlecht-gehen finde ich die Kraft mich zu
berappeln, wieder arbeiten zu gehen, eine Prüfung
zu absolvieren, mich auf der Arbeit einigermassen
über Wasser zu halten.

Ich habe inzwischen meine Mutter gefunden,
kennen und auch ein wenig lieben gelernt.
Ich habe Geschwister kennen gelernt, und dabei
eine grosse Schwester für´s Leben dazu
bekommen. Sie wird eine Freundin.
Je kleiner meine ursprüngliche Familie wird umso
reicher wird die Familie, die ich mir suche.

Ich spüre, dass mich mein Leben zu Hause
zunehmend wieder von meinem Weg zu mir selber
ablenkt, ich laufe zunehmend Gefahr, mich wieder
vor mir selbst zu verstecken.
Dabei habe ich inzwischen so viel gelernt, habe
Ruhe in mir selbst gefunden, bin neugierig auf
weitere Fakten.

Es ist klar, dass ich jetzt und hier im normalen Alltag nicht weiterkomme. Ich muss mich mir selber stellen, ohne die Ablenkung von zu Hause. Meine Arbeit bietet mir die Chance: ein Auslandsaufenthalt, für 6 Monate nur ich, Arbeit und Ich…

Ich nehme die Herausforderung an, in doppelter Weise. Andere gehen wegen der Arbeit weg, ich auch noch wegen meiner selbst willen. Es geschieht zum Schutz meiner Liebsten und meiner selbst, denn ich entziehe mich vollkommen dem Einfluss meines Vater´s.

Ich bin bereit, habe gute Übungen für einen ruhigen Atem und einen guten Platz für meine Seele im Gepäck und fliege los, ohne zu ahnen was kommt…

In dieser Zeit schreibe ich eine Art Tagebuch, eher selten, nur in Schüben, aber durchaus immer als Hilfe dabei, um mein Chaos zu sortieren, meine Ängste unter Kontrolle zu bringen.

Es wird die Zeit der absoluten Einsamkeit, keine Chance zur Flucht vor mir selbst. Es ist genau das, was ich will.

Es ist genau das, was niemand tut, wenn er wüsste, was kommt…

Ein weiterer Teil des Weges

Samstag, den 25.05.02
--
Sonntag, 26. Mai 2002
Ja, heute ist schon der erste Sonntag hier im ´Exil´ und bis
jetzt ist alles im grünen Bereich.
Seit Mittwoch bin ich nun unterwegs und angefangen hat
die Reise ja schon um ca. 17.30, als mein Liebster Bär
mich zum Abfahrtspunkt gefahren hat. Dort angekommen
haben wir uns an das gehalten, was verabredet war: kurz
und schmerzlos. Das kurz hat ja auch geklappt, aber hat
schon ganz doll geautscht als ich dann ganz ohne alles
dastand, kein Mann mehr, keine Hundis mehr, kein Dorf
mehr. Was hab ich da nur angefangen? Nun denn, jetzt ist
nichts mehr zu ändern, und genau genommen tu ich ja
genau das, was ich tun wollte: mein! Abenteuer Ausland
beginnt. Es beginnt mit einer geschnorrten Zigarette von
nem netten Kollegen um die Nervosität nicht hochkommen
zu lassen. Heute gibt's ein Zweibettzimmer und ein
Ekelpaket mit Billigfutter, das bis zum Ziel reichen soll.
Da hätte ich mich auch im Laden noch versorgen können,
fürs nächste mal weiß ich das schon mal. Um den ersten
Anflug von Heimweh zu bekämpfen hab ich die Mutti
angerufen, das war gut, aber doch ein Fehler. Jetzt ging's
erst recht mies, also auf die Suche nach Gesellschaft. Im
Nebenzimmer hab ich damit Erfolg, und nach einem
kurzen Plausch geht's auf die Runde durch die frische Luft
. Der Abend endet nach dem Telefonat mit meinem Mann
und einem kleinen Imbiss auf dem Zimmer. Um 04.45
geht's schließlich wieder weiter. Nach einer schlafarmen
Nacht, ist am Mittwochmorgen Abfahrt im Regen(wie
immer) angesagt. Alle vollzählig, ab in die Busse und los
zum Flughafen. Dort angekommen: Warten. Wie immer
halt. Erst mal werden etliche andere Flüge eingecheckt,
dann sind wir dran. 10.30 ist Abflug geplant, 15 min später
sind wir in der Luft. Nach einer Zwischenlandung , da
steigen auch noch ein paar zu, sind wir halb drei am Ziel

angekommen.Wieder in Busse. Es ist brütend heiß und schwül. Es könnte ein heißer Urlaub sein. Es ist ein seltsames Gefühl. Erst mal registrieren lassen, alles ausfüllen. Sonst gibt's kein Geld, echt Spaß. Alle wollen nur noch eins: schlafen. Die erste Nacht ist sehr schlaflos und laut. Morgens dann der große Frust wegen Schlafmangel, zu wenig Orientierung und keiner weiß was und ich weiß nix. Um dem Chaos zu entfliehen geht's nach dem suuuuper Frühstück ab zur Arbeit. Da erwartet mich dann eine Flut von Infos und neuen Dingen, vom Raumaufbau bis zum Inventar. Die Kollegen sind ok, und zeigen alles, haben ein Ohr für unsere Fragen. Das ist auch der Inhalt der kommenden Tage. Zwischen den Mahlzeiten geht es darum alles kennen zu lernen, was ist wo, wer hat wo sein Büro oder sein Gebäude. Wo ist die Post, der Frisör, und …

Ich war hierher gekommen, um Mut und Kraft zu sammeln, um das zu tun, was ich schon mein Leben lang tun wollte: meinen Vater in den Wind schiessen. Ihm die Meinung sagen, ihn loswerden. Mir war zu diesem Zeitpunkt klar, dass seine Misshandlungen an Körper und Seele niemals ein Ende finden werden, wenn ich nicht von ihm los käme. Ich konnte zu dieser Zeit immer noch nicht Gefühle und Gedanken zu irgendwelchen Tatsachen zusammenbringen. Mein Kopf war wie verrammelt, wenn es um Details ging, die ihn betrafen. Ich wusste er ist ein böser Mensch, doch ich wusste auch, dass mir niemals jemand Glauben schenken würde, denn seine perfekte Fassade war unantastbar. Er war und ist es auch heute noch für so viele der Held, der engagierte Supermann, der allwissende, hilfsbereite Mann von nebenan. Ich

44

stehe weiterhin als das undankbare Gör da, das
nichts wert ist...

Ein Brief für dich Vater!

Es fällt mir nicht leicht, einen Anfang zu finden.
Doch es wird allerhöchste Zeit, mir mal alles
von der Seele zu schreiben. Ich weiß nicht, wie
du auf meine Gedanken reagieren wirst, ob es
dich böse, traurig oder hilflos macht oder ob es
dir gar gleichgültig ist. Darauf kommt es auch
gar nicht an. Das worauf es ankommt ist, dass
du wissen solltest, warum ich so bin, wie ich
bin. Leider haben wir beide niemals eine Basis
gefunden um ein Gespräch zu führen, dass all
dieses aus der Welt hätte schaffen können, oder
zumindest einiges hätte klarstellen können,
denn Geschehenes ist nicht rückgängig zu
machen. Dass ich jetzt diesen Weg wähle, mag
feige erscheinen, ist es wohl auch, aber es ist
mein Weg, den ich beschlossen habe zu gehen.
Es ist eine traurige Tatsache, dass ich mit
nunmehr 31 Jahren immer noch nicht in der
Lage bin zu unterscheiden zwischen dem Vater,
der du heute bist und dem, der du in den ersten
Jahren meines Lebens warst. Ich befinde mich
seit geraumer Zeit in einer Psychotherapie um
endlich zu lernen, wie ich mein! Leben in den
Griff bekomme und wer ich eigentlich bin, was
ich wert bin. Ich hatte den Blick für die schönen
Dinge aus den Augen verloren, habe mich vor
mir selber versteckt. Dabei habe ich auch die
verletzt, die zu mir halten, mich halten, und das
hat mich sehr erschreckt. Dummerweise, oder
für mich glücklicherweise, hat es einige
Entwicklungen in meinem Leben gegeben, die

viele verdrängte Ängste und viel unverarbeitete Wut zum Vorschein gebracht haben. Es war nicht schön und nicht leicht für mich in den letzten 9 Monaten mich mir wieder zuzuwenden, und ein Faktor, der mich auch weiterhin daran hindert, ist die Tatsache, dass ich dir einfach mal einiges sagen muss. Was mich an der Sache jetzt am meisten stört, ist dass ich dich trotz allem offenbar irgendwo lieb habe - oder ist es nur der Wunsch nach etwas Normalität in meinem Leben? Ich weiß es nicht. Und inzwischen ist es auch nicht mehr relevant. Ich kann dir nur sagen, dass ich viele, zu viele Stunden damit zubringe mir über dich den Kopf zu zerbrechen. Ich würde gerne endlich mal anfangen mein Leben zu leben, doch zuviel Unausgesprochenes hält mich davon ab. Einer der Auslöser, der soviel altes hat hochkommen lassen, war, dass du es vorgezogen hast in dieser mir so verhassten Stadt zu bleiben. Ich habe versucht es zu verstehen, und mein Schluss war, dass du, wie schon immer, deine Prioritäten gesetzt hast. Ich wollte uns eine Chance geben, dich zu mir in die Nähe holen, doch das wäre auch nicht gutgegangen. Egal, was du bisher in deinem Leben getan hast, sei es in bester Absicht für andere oder in Egoismus (ich kann es nicht unterscheiden), meine Meinung hat nie interessiert. Du hast dich so oft über meine Gefühle hinweggesetzt, sie einfach ignoriert, bist immer deinen Weg gegangen, stur und ohne Blick für mein Innerstes. Vielleicht hast du es ja mal mitgekriegt, aber du hast dich nicht veranlasst gesehen, mal zu reden. Reden ist nicht deine Stärke, offen sein auch nicht. Es war unwichtig, wie ich mich fühle, wenn du mir meine Umwelt abreißt, mich aus dem Kreis der Geborgenheit in die kalte Atmosphäre von dieser Stadt steckst, Hauptsache die Gründe waren dir wichtig genug. Doch auch mit einem Kind kann man über vieles reden, muss es nicht vor vollendete Tatsachen stellen. Auch Versuche meinerseits mit dir in den letzten Jahren mal ins Gespräch zu kommen waren zwecklos, wir waren ja nie länger als mal ein paar Minuten allein. Überhaupt hattest du nie die Zeit für mich, wie sie andere bekommen haben, so ein Wochenendkindleben war scheiße. Und besonders harmonisch sind die Wochenenden ja auch selten verlaufen. Am Schluss hatte ich einfach nur noch Angst vor diesen Wochenenden, denn was sich eingeprägt hat sind die aggressiven, lauten, schmerzhaften Momente, wenn du dich mal wieder hast hinreißen lassen zu Jähzorn und Wut. Jahrelang und auch heute noch fühle ich mich wie der letzte Dreck, wie ein Häufchen Elend, wenn ich mich sehe, zusammengekauert vor dem Kleiderschrank, zusammengeprügelt, wegen einer vergessenen etwas blutigen Binde im Bad. Und hinterher hast du dich! getröstet, hast gesehen was du getan hast und mich im Arm gehalten, und ich habe kaum Luft gekriegt vor lauter Angst wieder etwas falsch machen zu können. Selbst heute noch, in meinem eigenen Haus wage ich es nicht etwas im Bad liegen zu lassen, immer muss ich an solche Szenen denken. Es hat dich nicht interessiert, dass es meine erste Periode war, ich hilflos war. Klar hat die Tante ihren Teil dazu beigetragen, aber wer mir nicht zugehört hat, mir nichts geglaubt hat, das warst du. Dich in der Woche mal anrufen war unmöglich, immer nur die totale Kontrolle, was auch zur Folge hatte, dass ich keine Freunde hatte. Wer wollte denn auch schon noch groß zu mir kommen, wo du deine Erziehung auch auf andere ausweiten musstest? Du warst also irgendwie nie da, für mich nicht greifbar, hattest aber ständige Kontrolle über jeden meiner Schritte. Nur meine Gedanken konntest du nicht kontrollieren, und so hast du sie auch nie erfahren. Ich werde auch jetzt nicht mein Leben offen legen, das geht keinen etwas an. Ich tue es auch nicht um mich zu rechtfertigen, ich tue es um mich zu befreien, ja, um mich frei zu machen von der Kontrolle die unbewusst immer noch von dir ausgeht. Du hast es ja schon gemerkt, in den letzten Monaten habe ich mich nicht ohne Grund so rar gemacht, und auch du hast ja die Art und Weise deiner Anrufe zurückgeschraubt. Doch ganz gleich ob du es verstehst, es ist mir ein Gräuel, wenn am späten Abend das Telefon klingelt und der Gedanke ist: Um diese Zeit ruft nur einer an. Was ist nun wieder? Klar, du magst wissen, wie es mir geht, was ich so tue, aber das ist mir schon zuviel. Ich will dir mein Leben nicht offen legen, nicht mehr. Ich unterstelle dir nicht, dass du es nicht gut gemeint hast mit mir, aber du hast es nicht so hingekriegt, dass ich heute normal leben könnte. Es ist mein Pflichtgefühl, dass mir ja auch zur Genüge eingebläut wurde, welches mich seit Jahren daran hindert einen Strich zu ziehen. Es ist höchste Zeit für eine Trennung von Damals und Heute. In dir sehe ich aber immer noch den aufbrausenden Vater, kann mich dir nicht vertrauensvoll zuwenden, will es auch gar nicht mehr. Ich habe weder länger den Atem noch die Kraft dazu. Es gibt Werte in meinem Leben, die ich gerne schätzen will. Und es gibt Teile meines Lebens, die ich nicht löschen kann, doch will ich sie nicht länger als

Ballast mit mir rumschleppen. Es ist Tatsache, dass mir die Tante noch nicht eine Minute meines Lebens in den letzten Monaten gefehlt hat, auch der Rest dieser Familie, ich brauche sie nicht und sie mich offensichtlich auch nicht. Ich war immer nur geduldet und wenn was nicht glatt lief, war ja der kleine Sündenbock schnell da. Ja und du... ich brauche dich nicht, und ich wollte es wäre umgekehrt genauso. Wenn es nach mir ginge, dann kannst du dein Leben auch weiterhin nach deinen Vorstellungen gestalten, und mich brauchst du auch weiterhin nicht darin mit einzubeziehen, oder besser: ich bitte dich darum es nicht zu tun. Sorge jetzt dafür, dass du klar kommst, denke auch weiterhin deine Gedanken für dich alleine. Du würdest mich eh auch in Zukunft nicht miteinbeziehen, das kannst du gar nicht, mir würdest du nur eine fertige Version deiner Pläne vorsetzen, und ich könnte sehn wie ich deine Vorstellungen umsetze. Doch dazu bin ich nicht bereit, das kann ich gar nicht. Ich bin inzwischen wieder so weit, dass ich lachen kann, mich auf meine Arbeit wieder konzentrieren kann, meinen Mann wieder offen lieben kann, doch ich weiß, mit einer Zwangssituation dich betreffend käme ich nicht zurecht. Meine Seele ist krank und vernarbt, und ich will ihr endlich Ruhe geben. Ich will, dass du das akzeptierst, im Grunde bleibt dir nichts, als es hinzunehmen, denn es ist das was ich von meiner Zukunft erwarte. Ich möchte einfach nie mehr darüber nachdenken müssen, ob ich es wert bin, den nächsten Tag leben zu dürfen, ich liebe es wieder zu leben und ich will denen, die jetzt zu meinem Leben gehören nie mehr so weh tun müssen, weil ich alle Kraft verloren habe. Und vielleicht gelingt es mir ja sogar den Mut aufzubringen meinen Wunsch nach einem Kind zu erfüllen, wenn ich nicht länger Angst davor habe, nicht stark genug zu sein, nicht gut genug zu sein. Ich weiß nicht, wie du dich jetzt fühlst, doch sei versichert, ich habe in den letzten 31 Jahren so viele Tränen vergossen, das hätte für viele Leben gereicht. Auch die Situation, die ich beschrieben habe ist nur ein kleines Beispiel für eine ewig lange Reihe an Ereignissen, die mich dahin gebracht haben, wo ich jetzt bin, die ich mit mir herumtrage, wie einen Buckel. Ich kann jetzt nur hoffen, dass du angemessen deine Schlüsse ziehst, deine Reaktion ist dir offengestellt, vielleicht hast du ja sogar eine Idee, wie damit umzugehen ist. Wie auch immer, sehe es bitte als eine Art Hilferuf meinerseits, ich kann nicht mehr weiter. Auch jetzt in diesem Moment plagen mich Ängste, wie und ob du auf mein neues Leben reagierst, aber vielleicht ist es das letzte mal, dass ich vor irgendwas in der Richtung Angst habe. Dass ich mich jetzt für 6 Monate im Ausland befinde hat zwar viele Gründe, doch sehe ich es als einen guten Abstand, der mir gewährleistet erst mal weit genug weg zu sein. Auch das mag feige erscheinen, doch ist es ein Teil meines Weges, den ich zu gehen gedenke. Ich werde jetzt auch zum Ende kommen, denn dies ist kein Platz um Vorwürfe zu erheben, es kann nichts mehr ändern. Es würde auch weder dir noch mir etwas nutzen. Zeit ist vergangen und zurückschrauben geht nicht. Auch meine Schmerzen werden weniger werden, ich habe endlich ein zu Hause gefunden, wo ich mich selber finden darf. Ich wünsche dir, dass auch du einen Platz in deinem Leben findest, wo du dich zu Hause fühlst, vielleicht hast du ihn ja

schon gefunden, wahrscheinlich ist dein Leben,
so wie du es lebst, einfach dein Weg zu leben.
Es ist aber nicht mein Weg und es wird nie ein
Teil meines Weges sein.

Wow, wer kann ahnen, was nach dem Abschicken
dieses Briefes in mir vorging? Ich rechnete
förmlich mit seiner Rache, spürte regelrecht die
Gewalt, die von ihm ausging. Zu diesem Zeitpunkt
hielt mich aufrecht, dass ich mir andauernd klar
machte, dass ich weit genug weg war, dass er allein
war mit seiner Wut, dass er verloren hatte. Ich
ahnte auch diesmal nicht, wie sehr ich noch
gefangen war, in alten Gewohnheiten, Hoffnungen
und seinem Bann.
Vielleicht war ich ja wirklich nur verrückt,
vielleicht bildete ich mir nur ein, dass er mir schon
von Anfang an weh getan hatte, vielleicht liebte er
mich ja doch?
Zum Glück glaubte ich das nicht wirklich, meine
Sinne waren geschärft, meine Kraft zu rebellieren
stark wie nie.
Bisher hatte ich diese Kraft zum Überleben
aufbringen müssen, doch die Entfernung machte
mich mutig.
In der Sehnsucht nach meinem Mann fand ich eine
neue Kraftquelle-Liebe
Liebe ohne Erpressung, einfach so, weil sie da war.
Bis heute mache ich mir immer wieder klar, dass
Liebe nichts ist, was man erpressen kann, es ist da
oder nicht!

In der Nacht

04.07.02

...

In der Nacht kommen Gedanken. Neue Gefühle
mischen sich dazu. Der Abend öffnet den Weg,
die Stunden lassen den Raum, die Tränen
wollen hinaus, die Angst hält sie zurück. Wie
kann es sein, dass da jemand ist, der sich
interessiert, das ist nicht real, oder? Wie kann
es sein, dass da jemand ist, der sich mir öffnet
und nicht nur nimmt? Wie kann es sein, dass
mir jemand gut tut, den ich nicht kenne, dem
ich nichts gegeben habe, einfach so? ein zartes
Streicheln, ein Halten, ein Festhalten, ohne Halt
zu nehmen, nur um Halt zu geben? Tue ich
auch gut, bin ich nur Nehmende oder auch
gebend? Ich weiß es nicht zuzuordnen, hasse
die Gründe für meine Sorgen. Habe Angst vor zu
viel Phantasie, vor zuviel Gefühl. Tut es wirklich
so gut? Kann es sein, dass ein wager Traum
sich realisiert, wird meine Welt zusammenfallen
für eine neue, oder ergänzt sich alles
miteinander? Entsteht eine neue Welt? Spinne
ich mir was zusammen? Kann es zu einem
Abenteuer werden, zu einem Trip in neue
Spähren? Wie soll das gehen, ohne dass er auf
der Strecke bleibt? Er ist die große Liebe meines
Lebens, ohne ihn lebe ich nicht, kann ich beides
haben? Tiefste Freundschaft und Liebe? Kann
das ein so zarter Mensch leben, ohne auf der
Strecke zu bleiben? Kann es hier in dieser
grauen Welt eine Freundschaft geben, ohne
wenn und aber?

Wieso ist nur alles so ätzend, verwirrend? Wieso
sind alle so ego und das in jeder Beziehung?
Nicht nur kollegiale Versager sondern auch
menschliche? Wieso war ich nur wieder mal so
dumm, mich zu öffnen, nur um vertrauen zu
schaffen, ohne Aussicht auf vertrauen? Ist doch
mal wieder typisch für mich, alles anderen in
den hals werfen, ohne was zu kriegen. Was
bleibt sind Unterstellungen, was ich alles denke.
Das ist so verletzend, da hab ich keine Worte.
Wieso in aller Welt sollte es mir etwas
ausmachen, andere glücklich zu sehn,
ausgerechnet ich, wo ich jeden sein Leben leben
lasse, solange es meines nicht betrifft.

04.07.02

Einsamkeit

weit weg von zu hause, da kommt die
einsamkeit.
weit weg von der liebe, da kommt die
einsamkeit.
weit weg von der nähe zu dir, da kommt die
einsamkeit.
weit weg von den guten gesprächen, da kommt
die einsamkeit.
weit weg von den ruhigen stunden, da kommt
die einsamkeit.
weit weg von gemeinsamen sorgen, da kommt
die einsamkeit.
weit weg von unseren wegen, da kommt die
einsamkeit.
weit weg von deiner stimme, da kommt die
einsamkeit.

deine briefe bringen nähe,
deine liebevollen worte bringen liebe,
deine sehnsucht bringt gefühle,
deine bilder bringen mich nach hause,
deine tränen lassen mich weich werden,
deine stärke macht mich stark,
dein stolz lässt mich an mir wachsen...

die nacht lässt mich nicht zur ruhe kommen,
die gedanken rennen ohne unterlass,
die zeit verfliegt,
die zeit steht.
nie war nähe so weit weg,
nie war weite soviel nähe.

wie wird die zeit entscheiden?
hat sie eile oder muße?
die zeit allein kennt ihren weg...

Geschichten meiner Bilder, die ich aus mir raus lasse

07.07.02

Endlich allein. Endlich Luft auch für mich und meine
Gedanken. Der Tanzabend war eine Qual, ich wäre gerne
im Erdboden versunken, hätte mich gerne zurückgezogen,
kam mir fehl am Platz vor.
Endlich geschafft. Zwei Eindrücke sind geblieben
1.ich möchte gerne frei sein, stark und selbstbewusst mich
zeigen, mich öffnen und leben, so wie sie es ausdrückt auf
dem Bild, wo sie tanzt und wie es rüber kam von unten der
Tanzfläche nach oben zur Musik.

2.niemals,
nicht solange ich nicht
unter diesem Schatten hervorkomme,
dieser Wolke,
die mich nicht aufstehen lässt

und ich bin jetzt seit fast 7 Wochen hier. Seit gestern drückt mir verstärkt was auf der Seele und beim Sport dachte ich, ich platze fast vor Gefühlen, die ich nicht deuten kann. Ich habe mich auch unwohl gefühlt in der anwesenden Menge, dachte jeder sieht mir zu, wie ich mit mir kämpfe. Trotzdem habe ich mich durchgepowert und versucht zu genießen wie der Schweiß läuft. Schon beim Tanzabend bin ich ja fast umgekommen vor Kummerbauchweh. Aber irgend etwas stimmt nicht und heute, als ich „allein" beim Sport war, da konnte ich mich mir wieder nähern. Ich habe gemerkt, wie meine Gedanken mich immer wieder in eine Richtung haben driften lassen und das nicht ohne Grund. Die beiden Abende und der Nachmittag gestern so für mich, mit meinen Gedanken, haben mich arbeiten lassen, innerlich. Und auch jetzt schreibe ich schon wieder nur drum rum, weil ich mich mir selber nicht öffne. Es fällt mir schwer zu akzeptieren, dass mein Körper nicht makellos ist und es nie war und nie sein wird, denn zu viele Narben sind darauf. Die, die ich mir selber zugefügt habe und die, die andere verursacht haben. Und indirekt haben sie ja auch Ursache für meine eigene Verstümmelung gegeben. Denn hätte ich mich mir schon früher zugewandt, mich mal angesehen, dann hätte ich vielleicht eher gelernt, mit meinen alten Narben umzugehen, doch es war einfacher, alles in mich reinzufressen und meinen wahren Körper zu verstecken. So konnte ich mich nicht sehen, hat sich ja eh nicht gelohnt, wollte es ja auch nicht, hatte ja auch gar keine Zeit dafür. Aber hier, in dieser Zeit ganz für mich auf meinem selbsterklärten Egotrip, da fange ich auf einmal an mich zu betrachten und mich zu bestaunen. Wie kann es sein, dass ich mit all diesen Makeln so weit gekommen bin, woher nehme ich nur diese Stärke? Und wie lerne ich jetzt zu akzeptieren dass meine Brüste so sind, wie sie sind, dass mein Bauch jetzt nun mal nicht mehr so wird, wie er war?

Wie mache ich mich frei von diesem Denken, dass ich, wenn ich bei meinem Liebsten bin, mir bei fast jeder Berührung erst klar machen muss, dass er es ist und nicht einer von diesen gestörten Monstern meiner Erinnerungen? Er tut mir nicht weh, er verletzt mich nicht, er fügt mir keine weiteren Narben zu, er liebt mich, obwohl ich so bin, weil ich Ich bin. Lerne ich irgendwann mich auch zu lieben? Ich denke, dass mir das niemals bedingungslos gelingen wird, doch ich würde so gerne mal ohne Kopfgedanken vor mich hin leben. Mein Ziel ist es mich selber genießen zu können, ohne Teile von mir zu verleugnen.

Es ist ja auch verwirrend, dass ich hier meine Tage gekriegt habe, heißt das jetzt mein Körper ist bereit Kinder zu haben, oder ist es meine Seele, die nicht länger blockiert?

Aber wenn das so ist, warum macht dann mein Kopf schon wieder solche Sperenzchen?

Noch nie hat mein Körper eigenständige Hormonarbeit geleistet, und kaum mache ich eine Therapie, setze die Pille ab, weil ich ein paar Monate ohne Blutung haben will, da läuft alles wie programmiert ab. Aber vielleicht war es ja auch nur eine Eintagsfliege und der nächste Zyklus bleibt wieder aus. Aber was, wenn nicht? Ist es so wichtig ein Kind zu haben? Seit Jahren geht das schon hin und her, haben wollen, ja-nein, weiß es doch selber nicht. Habe gar nicht den Mut es zu testen, nicht den Mut mich aus der Sicherheit des eigenen Berufslebens zu begeben, mich abhängig zu machen, mich meinem Kind gegenüber verpflichtet zu fühlen. Wie kann ich denn für ein Kind die Verantwortung übernehmen, wenn ich mich selber nicht kenne, liebe. Ich will doch nicht auf einer Lüge mir selbst gegenüber ein Leben aufbauen für so ein Würmchen, dass später nur vor mir steht und wissen will, was ich mir dabei gedacht habe. Und mit dieser Angst im Nacken, werde ich diesen Schritt auch niemals gehen wollen, also werde ich diesen Schritt auch niemals gehen. Vielleicht ist es erst mal an der Zeit, die Zeit hier weiter zu nutzen, auch mal mich

sehen üben und an meinem Körper arbeiten, denn das Gefühl wird dadurch ja nicht schlechter, sondern macht es einfacher mich zu sehen, nicht verbaut unter einen dicken Schicht aus Fett und inneren Mauern. Und es ist ja nun mal auch so, dass ich mich anschaue, mir meine Narben betrachte, und das auch, anders wie früher, ohne Ekel. Eher mit ein wenig Trauer über die Hilflosigkeit, die mir geblieben ist. Überhaupt viele Schuldgefühle mir gegenüber wandeln sich. Teilweise ist es Resignation, denn ich kann nichts rückgängig machen, aber es ist auch ein gewisser Frieden bei vielen Gedanken dazu gekommen. Ja, so kann ich es wohl nennen, ich fange an Frieden mit mir zu schließen, was nicht heißt, dass ich es mit den Verursachern tue. Doch die Trennung von Ursache und Auswirkung wird möglich, denn ich habe erkannt, dass dafür verschiedene Menschen verantwortlich sind. Ich bin nicht verantwortlich für alles, was mir angetan wurde, was ich habe über mich ergehn lassen, denn ein kleiner Teil von mir wollte all das überleben, der andere war tot. So tot wie es viele Erinnerungen an mein Leben noch heute sind, sicher auch viele schöne Erinnerungen. Doch im Zusammenhang mit all den Lebensumständen drum herum, ist es vielleicht gut, dass sie da sind, wo sie sind, ganz tief in mir drin. Doch auch das muss ich erst noch lernen zu akzeptieren, ich lebe ein gutes Leben heute, auch wenn ich nicht viel erzählen kann aus meiner Kindheit, die letzten Jahre sind die, in denen ich angefangen habe zu leben, die sind die wichtigen. Und dass mein Kopf auch heute noch sortiert, das packe ich weg, das lasse ich da, da muss ich halt mit leben. Dafür habe ich ja noch meinen Liebsten, der sich alles merkt, der sich für mich miterinnert. Und er kann mit seinen Gedanken schöne, alte Erinnerungen wecken, an unsere gemeinsame Zeit. Doch ich schäme mich dafür, soviel Gutes und Schönes ist weg, soviel verletzte Hülle ist da. Wo ist das Gleichgewicht dazwischen?
Ich lasse nun sich erst mal diese Gedanken setzen, auch das muss sein....

11.07.02
Pure Wut

Ich kann nicht aus meiner Haut, aber will gerne
platzen vor Wut. Will um mich schlagen,
schreien, seinen Tod. Die Geschichte vom
Dekan in diesem Gottesdienst hat mich mal
wieder zutiefst getroffen, was muss er auch
dieses Wort zig mal in den Mund nehmen-
Vater- ich hasse diesen Begriff, denn er steht
für Enge, Schmerz, Hass, ungewolltes
Pflichtgefühl. Zu hören, dass er unter dem Tod
seines gelitten hat und immer noch leidet- und
ich sitze da, und weiß für mich gibt es nur eine
Erlösung, und wenn es diesen Gott gibt, dann
soll er mich doch bitte endlich leben lassen.
Muss ich mich denn wirklich noch lange damit
rumquälen, ich will das nicht mehr, kann nicht
mehr. Muss ich denn erst den Schritt gehen,
der mich wieder Unmengen an Kraft kostet, die
ich mal für ein normales Leben bräuchte. Ich
habe diesen Brief geschrieben, es steht ein
großer Teil dessen darin, was ich zu sagen habe,
aber kann es nicht mal den einfachen Weg
nehmen, den, der keinen weiteren Schmerz
verteilt.
Dieser Brocken, der mir heute Abend vor die
Füße geworfen wurde, der hat mein
Gleichgewicht ins wanken gebracht, hat mich
überkochen lassen. Gerne hätte ich ihn
angeschrien, ihm die Steine im Steingarten
übergeworfen, mich in die Arme von jemand
gelegt und einfach mal geheult. Wann wird
dieser Schmerz aufhören, wann stehe ich zu
mir, ganz und gar, total und mit allem Mut und
aller Konsequenz.

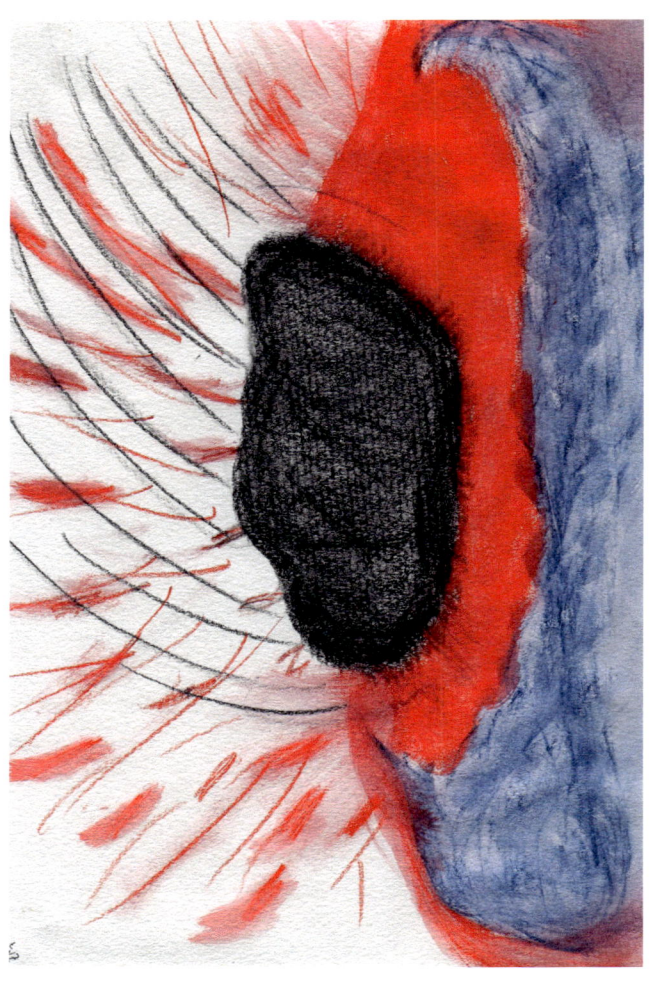

62

14.07.02

Es ist Sonntag und der ist fast rum, na ja, vielleicht auch
nicht. Wir wollen heute mal raus, essen gehen.

Nach dem gestrigen Abend war ich ziemlich relaxed und
auch die Auszeiten dieser Woche, inklusive Kirche heute,
haben mir gut getan. Mal ganz abgesehen von der Nähe zu
anderen, denn es hat auch mal wieder gut getan in den Arm
genommen zu werden.
Es verwirrt mich zwar, denn ich habe hier in dieser
Umgebung nicht mit freundschaftlichen Gesten gerechnet,
aber es macht Hoffnung für die nächsten Monate. Ja noch
muss von Monaten die Rede sein, doch schon bald sind es
nur noch Wochen, dann Tage, Stunden, Minuten, ...
Im Moment bin ich aber noch dankbar für die Freiräume,
die mir dieses Erlebnis bietet, ich hoffe bis zum Ende
dieses Jahres nicht nur bei mir angekommen zu sein,
sondern auch damit umgehen zu können. Es ist
anstrengend für mich, diese Gratwanderung zwischen
gesuchten Gefühlen und denen die einfach da sind, gewollt
oder ungewollt. Es fällt schwer mich mir weiter
zuzuwenden. Es tut aber gut zu fühlen, wie sich mein
Körper unter den Bedingungen hier verändert, sich anders
anfühlt, aber auch anders aussieht.
Der Blick fällt wieder oft auf sichtbare und verschwundene
Narben, und oft tut einfach alles weh. Von innen raus sind
einfach Schmerzen da, keine erklärbaren, so wie mein
umgeknickter Fuß, nein einfach Schmerzen ohne Sinn.
Oder gibt es einen Sinn darin, ist das der Weg zur
Akzeptanz meines ich´s?
Wieder eine dieser Fragen ohne Antwort, wieder mal ein
Loch das sich nicht füllen mag.

Einige Bilder huschen mir durch den Kopf, immer wieder in den letzten Tagen, begleitet von einem schmutzigen Gefühl, dem Gefühl von Schuld, von Versagen.

War es auf der Suche nach Liebe und Zuwendung, die mich dahin gebracht hat, oder das Spiel mit dem Tod, welches ich nicht den Mut hatte zu Ende zu spielen.

Die Hoffnung, durch Zerstörung meiner selbst, meiner Selbstachtung, meines Körpers auch mich auszulöschen.

Das Problem ist, ich habe mich zum großen Teil damit zerstört, aber der stärkere Teil meines ich´s wollte weiterleben, und das was von mir noch da war, war die Basis für ein Leben voller Lücken, Beulen und Hilflosigkeiten. Trotzdem habe ich es bis hierher geschafft, kaum zu glauben, wenn ich mir den Scherbenhaufen zusammendenke aus dem ich das gemacht habe. Doch habe ich das Gefühl, ich brauche mehr Kraft als andere für die Alltäglichkeiten.

Für ein Gespräch, für den Alltag, für ein wenig Zuwendung, es einfach zulassen, auch mal mich öffnen, weil andere mich ein wenig mögen.

Es erstaunt mich innerlich, dabei hoffe ich es dauernd, vor allem wenn es von jemandem ausgeht, der mir nicht gleichgültig ist.

Deshalb war es gestern auch so fürchterlich wohltuend festgehalten zu werden und danach so schrecklich verletzend, zu hören, dass es ´nur´ zum trösten war, aus Mitleid, was hatte ich erwartet.

Wieso glaube ich noch immer an Freundschaft?

12.07.02

Heute war der beste Tag überhaupt bisher, denn durch die
hohen Pfützen zu springen hat so scheisse gut getan, dass
kann ich nicht in Worte fassen, ich fühle mich von
mancher Last befreit. Bis auf die Haut nass tut nicht weh,
und der innere Schmerz ist gelindert. Der Weg ist richtig,
mein Körper beginnt zu leben, ich fange an meinen Körper
wieder interessant zu finden, ihn mehr zu akzeptieren.
Diese Sehnsucht berührt zu werden ist die Sehnsucht nach
Bestätigung, und hier kann ich mich nur selber bestätigen.
Ich muss nur noch mal ein paar Wochen durchhalten, dann
kann jeder das Ergebnis meines Willens sehen und ich
werde mich bestimmt noch besser fühlen, besser denn je.
Und die Zeit arbeitet weiter für mich, irgendwann werde
ich frei sein, auch frei von meinem letzten äußeren
Beengungsfaktor. Vielleicht gibt es ja doch von
irgendwoher die Gnade, die Erlösung. Bald werde ich frei
sein, frei für mein Leben, frei für meine Bedürfnisse, frei
für mich, einfach ich sein. Werde ich es schaffen mein
wahres ich herauszumodellieren aus der Hülle, die ich so
viele Jahre erhalten habe, werde ich es dann schaffen mich
zu beweisen, die Kraft haben zu bleiben, was ich bin.
Abwarten, die Zeit wird es zeigen, erst mal die nächsten
Wochen tapfer dran bleiben

<u>Wohlfühlen</u>

es liegt so nahe zusammen
- wohlfühlen und verletzt sein
- durchatmen und ersticken
- glück geben und nehmen
- integriert sein und verlassen
- freude und schmerz
- allein sein wollen und einsamkeit

- betrunken sein wollen und einen klaren kopf
behalten
- reden und schweigen
- fühlen und gefühllosigkeit
- zuhören und aneinander vorbeireden
- entspannen und abdriften
- leben und tot

Die Geschichte eines Bildes, einmal vorher
geschrieben, dann gemalt.
Die Farben werden kräftiger, ganz ohne mein
zutun, die Bilder kommen aus mir heraus, ganz
von alleine zwar nicht, doch ich muss mich nur
etwas auf die Stimmung einlassen und ich
platze vor Gefühlen.
Ich möchte so gerne ohne diese sein, doch wenn
ich jetzt so auf meine Bilder schaue, ich finde sie
schön, interessant, faszinierend. Sie sind ja für
mich und es gibt kaum jemand den sie und ihre
Geschichten etwas angehen, nein es gibt
niemanden außer mir!

<u>Die Nacht zum Dienstag, den 16.07.02</u>

Es ist mal wieder soweit, dass ich mich alleine fühle, das wird hier wohl zum größten aller Gefühle, und so soll es wohl sein.
Ist ja auch besser, als in Müll zu investieren, und am Ende kommt wieder nur heisse Luft dabei raus.
Ich bin eine, untergemischt in eine Gruppe, die mit der vorhandenen Gesellschaft keine Probs hat.
Ich weiß es ist keiner da der mich auffängt, den es interessiert, was mit mir los ist
Es war gut eine Freundin zu Hause anzurufen, doch auf die Entfernung tut es mehr weh, als zu helfen, reißt es ein neues Loch in mein Leben. Und dass, wo ich doch jetzt genau weiß, dass ich auch hier nicht aus meiner Haut kann, mein Problem nicht durch Ferne gelöst wird.
Aber wie denn dann. Einen antrinken und den ganzen Prass ablassen, auf den Anrufbeantworter reden, alles an den Kopf werfen, denn dann wäre eine Reaktion möglich, beim Brief kann ich hier zum Wahnsinn gehen und weiß nix.
Verdammt noch mal, ich will endlich frei sein davon, will dass das alles ein Ende nimmt. Wer auch immer darüber zu richten hat, möge mir verzeihen, aber ich will seine Existenz nicht länger dulden, kann die Anwesenheit auf diesem Planeten nicht mehr ertragen.
Mein ganzer Körper rebelliert, mein Geist spinnt rum, ich versuche zu stehen und falle, versuche zu leben und patze. Andere scheinen meinen Rat zu schätzen, aber mir kann keiner raten, immer muss ich allein entscheiden. Aber es ist seit Jahren die gleiche Entscheidung, die ich allein treffen muss und zu der ich mich nicht durchringen kann. Ich weiß, was zu tun ist, nur das wie, wann, wo, wieso ich – das ist einfach nicht einfach.
Bitte nimm mir doch einer diesen Weg ab...........................

Es ist der gleiche Kampf, den ich seit Jahren kämpfe, es ist das gleiche Ergebnis, das ich seit einiger Zeit immer wieder finde: ein Schlussstrich muss her. Der Schritt muss von mir kommen. Erst wenn ich mich befreie, werde ich frei sein, nicht die Zeit wird es für mich tun, die Zeit wird mich weiter versuchen zu zerstören.
Aber ich will nicht mehr da runter, ich will weiter leben, am guten Teil des Daseins teilhaben, das geschnupperte Leben weiter ausbauen.

Ich habe noch Zeit, mich weiter zu sammeln, und wenn meine Wut weiter solche Ausmaße annimmt, werde ich schon bald alles auskotzen.

Es ist kurz vor 1.00 am Mittwoch, den 17.07.02

Ich sitze mit laufendem Karussel vor dem Laptop, und versuche den Abend zu rekonstruieren.
Aber mit Alkohol im Kopf ist das gar nicht so einfach.
Ich habe die Gelegenheit genutzt und habe meinen Schatz angerufen. Und das alles nach einem Tag des Weiterkommens. Einige Worte haben mich nicht mehr losgelassen: Wenn du einen Menschen hinter dir lässt, aber in deinem Herzen noch sauer bist, ist der Kreis nicht geschlossen und diese Erfahrung wird sich in deinem Leben wiederholen.
Den ganzen Nachmittag habe ich drumrumgeduselt, habe geschlafen, habe versucht wach zu werden, bin wach geworden, habe gewusst es gibt keinen weiteren Weg, als diesen einen: Rufe ihn an, diesen Vater!!
Nach einem Gang durch die Luft, und das Schicksal wollte, dass ich keine Ablenkung fand, keinen zum Reden, keinen zum Verdrängen, habe ich mir selber Mut zugeredet, ruf an, sag alles, egal ob AB`` oder Er.
Es war ein Anfang und ich konnte weitermachen, konnte sagen wie sehr mich die Vergangenheit ankotzt, wie sehr ich alles hasse.

Und zum Glück war ich so in Fahrt, dass ich weiterreden wollte, und die Nummer ein zweites mal gewählt habe und dann war er dran, und ich konnte da anknüpfen, wo ich aufgehört habe und es war auf einmal egal, und ich habe gefühlt, das die Verantwortung ihm gegenüber nicht allein das ist, was da ist und auch was anderes da ist und er sagte, er habe mich lieb, er sei traurig, dass alles so lief, und nachdem ich ihn drauf ansprach, dass er auch sehr stolz auf mich sei, aber warum erst jetzt???????????
Musste ich ihm erst klar sagen, was mit mir los ist.
Musste er erst hören, wie sehr ich heute noch kämpfe????
Wird das ein Anfang zu einer Lösung sein, hat er verstanden, dass ich keine Kraft für die Verantwortung ihm gegenüber habe.
Ich bin jetzt am Ende, muss versuchen zu schlafen, mal versuchen zur Ruhe zu kommen, bin froh, dass ich meinem Liebsten noch sagen konnte, wie sehr ich ihn doch liebe und bin froh, dass ich das auch heute so fühle, wie ich es sage.

Gute Nacht du Liebe,
ich fange an, dich richtig lieb zu haben.
Gehe weiter deinen Weg und
wie du es anderen sagst:
lass dich von deinem Leben tragen, es bringt dich an deine Ziele.

Freitag, 19. Juli 2002
  Es ist Mittagszeit und der Rausch des Alkohols von gestern Abend ist der Leere gewichen. Eigentlich ein Tag zum verkriechen, fühle mich leer, ausgelaugt, taub und gefühllos. Versuche immer noch eine Basis zwischen meinem Kopf, meinen Gefühlen, meinem Körper zu finden.
Doch alles ist leer, keine Emotionen.

Samstag, 20.07.02

Tag 59 hier und es bewegt sich wenig. Aber wenig Bewegung heisst auch wenig Kraftaufwand. Irgendwie warte ich auf Bewegung von aussen.
Ich verharre in Lauerstellung, habe irgendwie viel Kraft verbraucht in den letzten Tagen.
Ich bin dankbar für diese veränderte Welt hier, kein normaler Alltag kann soviel Eigenarbeit auffangen, doch hier bleibt Luft für Extrakapaden dieser Art.
Endlich kann ich mir mal die Zeit nehmen, die ich schon so lange für mich gewollt habe, kann mich hängen lassen, mir leid tun, mich pflegen, mit mir kämpfen, meine Seele suchen, meine Seele entdecken, mich kennen lernen, feiern, verkriechen.
Alles ist möglich. Und heute war alles drin.
Briefe, schlafen, Film gucken, schlemmen, Leute, allein sein.
Klar zieht es mich auch wieder runter, dass mein Fuss so weh tut, ich kann keinen Schritt machen, ohne Schmerzen und damit ist der Schweinehund in mir wieder dem Essen gewidmet und nicht dem Sport. Auf der anderen Seite tut es auch mal gut einfach mal wieder richtig zu essen, denn irgendwie war es schon krass so fast ganz ohne Essen. In ein paar Tagen geht es auch wieder in die andere Richtung und dann bewegt sich auch wieder mehr.
Meine innere Gefühllosigkeit ist auch irgendwie erholsam, denn zu fühlen wie es ist zu leben ist anstrengender als ich dachte.
In der Leere der Lieblosigkeit hier, ist es kein Wunder das mich das so berührt. Und bei meiner verkorksten Vergangenheit ist es irgendwie auch klar, dass ich erst mal bewusst trennen muss, zwischen einer lieben Umarmung und einer liebenden.
Zu Hause kann ich mich auch mal von den Jungs knuddeln lassen, mein Liebster kennt uns und weiß es zu nehmen, aber hier ist alles anders.

71

Wie auch immer, ich freue mich auf ein paar liebe Wortwechsel mit netten Leuten.

Meine Tage krieg ich mal wieder nicht, der Zyklus nach der Pille war wohl mal wieder der einzige und jetzt scheint alles wieder beim Alten.

Womit sich die Gedankenmühle Kind mal erledigt hätte. War eh nur ein halbherziges Wenn und Aber. Es wird wohl meine Welt sein, mit Mann und Hundis, frei von der Verantwortung für das Wertvollste der Welt.

Ungerecht, wenn ich bedenke, dass ich es vielleicht könnte, rein biologisch und andere um mich rum wollten gerne aber können es nicht, sei es, weil sie operiert sind oder wahrscheinlich operiert werden. Aber das sind andere Welten, nicht meine und somit nicht meine Verantwortung.

Was mich beschäftigt ist die Frage, ob von meinem Vater wohl eine Reaktion kommen mag, nach dem Telefonat am Dienstag. Nägel mit Köpfen machen will er nicht am Telefon und ich kann es verstehen.

Doch was will ich. Ein Gespräch in trauter Zweisamkeit mit Sicherheit nicht, also meinem Mann miteinbeziehen. Vielleicht hat dieser Gott ja doch noch ein Einsehen mit mir und bewertet meinen Mut zum Gespräch als Leistung genug. Und erlöse mich von dem Bösen, ...

Auch von den bösen Geistern meiner Schattenwelt.

Ich will die Zeit hier noch nutzen für den Blick nach hinten, damit ich gegen Ende meiner Zeit hier den Blick voller Kraft und Mut nach vorne richten kann und werde.

Es ist jetzt kurz vor 21.00 und ich muss mich jetzt entscheiden, wohin mich dieser Abend noch bringt, enden wird er so oder so, ganz allein bei mir, ganz gleich wie ich damit umgehen werde, ganz gleich wie ich mit den Gefühlen kämpfe oder sie fließen lasse, es sei denn sie weichen erneut der großen Leere.

Betäubt und leblos, aber ohne Schmerz, ich weiß noch nicht wohin mich dieses Arbeiten an mir bringen wird, ausser das ich mir so nahe bin wie nie zuvor und nur noch ein Schrittchen von mir entfernt bin. Es fehlt allein der Mut diesen Schritt zu gehen, und die Weisheit wie es zu tun ist.

Sonntag, 21. Juli 2002

Ja, ein Tag mit viel Schlaf, wenig Spaß, mit Zuhören, ein paar Tränen für mich...

Ich fühle mich zerrissen, weiß nicht welche Richtung einzuschlagen die richtige ist, welcher Weg der bessere ist. Heute sind Vorwürfe aufgetaucht, wie zum Beispiel ich diesen Weg nehmen konnte und wie unfair das gegen meinen Liebsten ist.

Was kann er schon dafür, dass ich mein Leben nicht so auf die Reihe kriege, dass ich es wichtiger finde meine Vergangenheit zu bereinigen, anstatt nach vorne zu gehen, mit ihm, und auf seine Bedürfnisse eingehe.

Ob sich daran etwas ändert, wenn ich wieder zu Hause bin? Oder verfallen wir in den alten Trott.

Was will ich, wohin bringt mich dieses Gefühlschaos, dieser Strudel an Gedanken, wie mache ich weiter?

Bildgeschichte:

Ich komme nicht weg von den Worten, die er am Telefon gesagt hat, sie haben mich schockiert, haben mich verletzt, weil sie so spät kamen, haben tiefe Sehnsüchte getroffen, ich fühle mich verarscht. Wo war diese angebliche Liebe all die Jahre, wo die Offenheit. Ich bin kaputt, baue auf und brauche meine Kraft, muss mir alles gut einteilen, spüre meine emotionale Schwäche, fühle mich im Strudel von Gedanken und Gefühlen, hin und hergerissen zwischen Leere, Taubheit und Schmerz, Verwirrung, pures Wundsein.

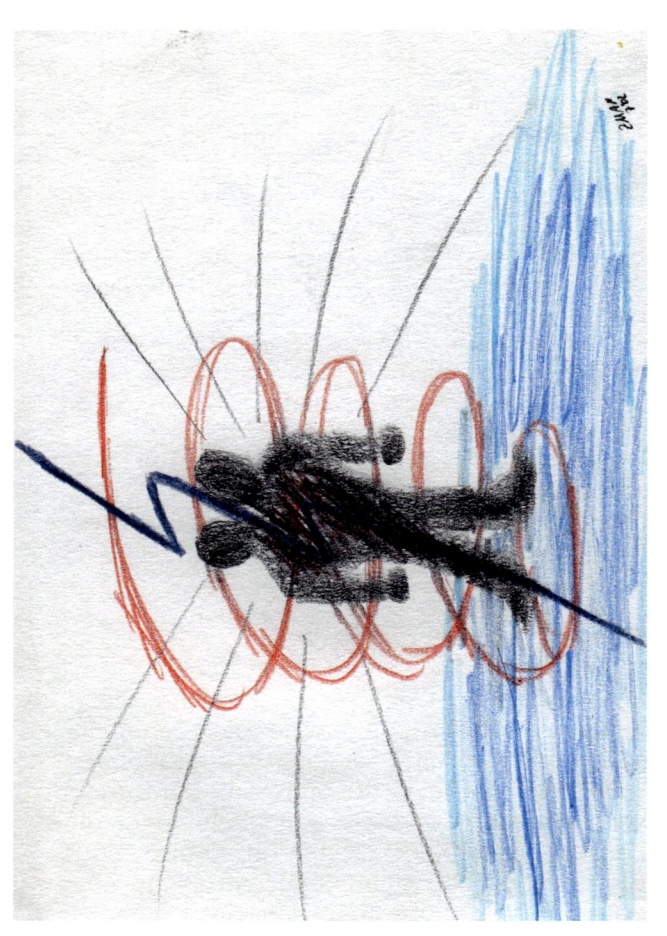

Ich versuche meinen Körper wiederzufinden, ein normales Verhältnis zu ihm aufzubauen, ihn nicht weiter zu zerstören, durch Essen zu verdecken, was darunter steckt. Ich suche den Mut mich mir zuzuwenden, mir in die Augen, auf die Brüste auf den Bauch und den ganzen Körper zu sehen. Zu wissen, das bin ich, ich sehe mich, ich fühle mich, wenn ich mich berühre. Nicht, ich fühle, dass ich etwas berühre, nein, die Beziehung zwischen Hand, Haut und Kopf, die will ich wiederhaben. Soweit meine Erinnerung reicht, war mein Verhältnis zu mir nicht ein normales. War es der Versuch fehlende Liebe auszugleichen, keine Ahnung. Keine richtigen Bindungen nach aussen, schon von Anfang an ein Anhängsel der Gesellschaft, geduldet und vielleicht auch geliebt, aber in welcher Art und Weise. Auf der Suche nach Hilfe, auf der Suche nach Vorteilen für mich, immer wieder ins Fettnäpfchen rein.

Als Objekt zur Befriedigung anderer gut genug, für mich selber immer am Level. Was gab mir das Gefühl weiter leben zu wollen, oder war es der Weg des geringsten Widerstandes?

Jahrelang war es das Pflichtgefühl, niemandem wehtun, bloss nicht seiner Schwester oder jemanden wehtun, der Welt da draussen zeigen, was in mir abgeht. Was ist es heute. Mein Mann, oder die Zeiten in denen er es geschafft hat mich wirklich leben zu lassen. Einmal geschnuppert, es wieder haben zu wollen ist ein Ziel. Die Droge Leben hat mich gepackt, aber ich bin auf Entzug, meine Seele turnt mich ab, ich suche den nächsten Kick, will es fühlen, suche den Weg,...

Montag, 22. Juli 2002

Das Ziel des heutigen Tages ist
das Formulieren von Zielen.
Wo geht es weiter,
wie gehe ich mit Altem um,
was will ich von meiner Zukunft,
welche Prioritäten gibt es.
Was ist mit Kind –
was ist mit Beruf –
was ist mit Ehe und Liebe –
was ist mit Familie –
was ist mit meinem Seelchen –
was wird mit meiner alten Welt –
wie gehe ich mit den neuen Erfahrungen um –
vertraue ich meinem Bauchgefühl –
bleibe ich der Vernunft treu -

....

Dienstag, 23. Juli 2002

was ist mit Kind – nein, zu feige für diese
Gefühlsachterbahn
was ist mit Beruf –das ist nicht meine ganze Zukunft
was ist mit der Liebe – ihm gehört mein Leben
was ist mit Familie – meine Familie ist mein Liebster
was ist mit meinem Seelchen – ich bin auf dem Weg zu
mir
was wird mit meiner alten Welt– Friede?
wie gehe ich mit den neuen Erfahrungen um – let´s have
fun
vertraue ich meinem Bauchgefühl – ich folge erst mal dem
Ruf nach Ruhe
bleibe ich der Vernunft treu – jain, ich werde noch viel
Unfug machen, Spass haben

Das Ergebnis eines Nachmittags ergeben im Selbstmitleid.
 Ein gutes Ergebnis finde ich.

Es ist gut zu wissen, dass ich nicht perfekt bin, nicht alles kann, niemals alle Ziele erreiche, zu merken, dass ich müde bin, müde weiter zu suchen, weiter zu kämpfen, aber alles an mir vorbei.

Rennen ohne anzukommen, was bringt es, was soll das? Das macht nur fertig, bringt mich und meine Welt nicht weiter. Es wird Zeit, dass ich meine Zeit hier wieder geniesse, wieder zu mir komme und aus mir rauskomme. Es kann nicht sein, dass andere anfangen sich Gedanken zu machen, ich sie mit einspanne, für meinen Kram. Dafür bleibt abends noch genug Zeit.

Die Phase eins ist vorbei, alles neu, alles toll, aufregend. Phase zwei ist auch vorbei, Leere, großes Loch ohne Halt, keine Freunde, kein Liebster an meiner Seite, alles zuviel, alles so leer.

Phase drei, Wut entdecken, Wut rauslassen, Wut verpuffen lassen, auf ihn, auf meine Welt. Phase vier, Selbstmitleid, Schmerzen, Blick zu mir.

Phase fünf läuft, die Ruhe in mir finden und geniessen!!!!!!!!!!!!

03.08.02

Lustlos mit Schweinehund

Wo ist nur mein Elan geblieben. Nur weil dieser alte Sack gestern so doofe Sprüche macht, heisst es doch nicht, dass er recht hat.

Ich ärgere mich mal wieder mehr über mich und meine Sprachlosigkeit, über diese Art und Weise auf mich überzugreifen. Es war ja eine unbedachte Geste, woher soll es denn auch einer ahnen, dass ich so empfindsam bin. Aber es zeigt mir doch wie hauchdünn meine Hülle ist, wie verletzlich ich dahinter geworden bin.

Aber ist es nicht auch eine gute Sache, dass es mich verletzt, nicht egal ist. Ich es nicht einfach hinnehme, so wie es halt ist.

 Meine Grenzen fühle, ich muss noch lernen diese zu verteidigen, ohne überzureagieren.

Oder ist nicht sogar eine Überreaktion für andere genau das Maß was für mich das richtige ist.

Ich muss aber aufhören, mich von diesen Gefühlen so runterziehen zu lassen, dass ich mich mit essen und naschen zu trösten versuche.

Es ist doch scheisse, dass ich in einem Moment stolz bin, dass ich so gut durchhalte, ich genieße, wie der Schweiß läuft und mit wenigen Worten und einer Geste ist alles hin.

´sie schwitzen nicht genug, das ist nicht gut, mehr und schneller strampeln.....

es kotzt mich an, einfach nur an.

Ich kriege voll die Minderwertigkeitskomplexe hier.

Auch die Sache mit dem Kollegen, ich dachte er traut mir mehr zu. Aber da bin ich selber Schuld, wie sollen mir andere zutrauen, was ich mir selber nicht zutraue. Es ist der falsche Weg, mir selber nur das zuzutrauen, was andere tun, nicht umgekehrt. Ich weiß so viel, was ich falsch mache, was ich verbessern könnte, was ich mir wünsche. Es ist wohl an der Zeit, die Prioritäten zu setzen und festzulegen wann was wie viel Wichtigkeit hat.

Ich freue mich auf jeden Fall auf diesen Monat, der einige neue Eindrücke verspricht, neue Bewegung in dieses Leben bringt.

Ich sehne mich nach dem Duft des Meeres, den Klang der Wellen. Ich hoffe es wird ein paar Augenblicke geben, in denen ich einfach geniessen kann und darf.

Und wenn dieses Highlight da ist, heisst es auch, dass die Uhr hier anfängt rückwärts zu laufen. Rückwärts für die Zeit hier, vorwärts für ein Leben in den Armen von meinem Liebsten.

Ich könnte zergehen vor Sehnsucht und es tut gut ab und zu in die Welt der Träume zu fliehen, die Welt der Geborgenheit.

Sonntag, den 11.08.02

Heute ist so ein richtig beschissener Tag, es hat mich sogar schon soweit gebracht, dass mir die Tränen kamen.
Ein Kollege hat mal wieder eine Runde Vorführen gespielt und heute war ich dran.
Ist ja nicht schlimm, er hat sich über Kleinkram ausgelassen. Ist gut und schön, aber wo bleibt jetzt die Kooperation???? Reden ist hier nicht gefragt, und wenn, dann nur zum dumm reden. Ich fühle mich jedenfalls ätzend. So ist das wohl. Ins kalte Wasser geworfen, und jetzt schwimm los.
Na ja, muss ich halt durch. Aber diesen Typ habe ich gefressen, das bisschen Menschlichkeit, was er gezeigt hatte ist zunichte gemacht.
Ausserdem gibt es Gedanken, die mich mehr beschäftigen. Was mich belastet ist die Tatsache, dass ich meinen Liebsten habe, ihn will, ihn liebe.
Aber er ist nicht hier, wie geht es weiter. Ich denke wieder zu weit, daheim ist eh alles wieder anders, alles normal, jeder geht dort wieder seine Wege.
Und was ich hier investiere in eine Freundschaft geht in dieser anderen Welt wieder zu Bruch. Die Prioritäten verschieben sich wieder, der Alltag holt uns alle wieder ein.
Aber alles ist so zerbrechlich, und doch so faszinierend stark. Aber nicht frei von der Vergangenheit und man leidet unter der Welt, so wie ich es auch tue.
Ich werde hier immer offener für andere Dinge, spüre mehr und mehr was um mich herum vorgeht, meine in anderer Gesellschaft , in anderen Gesichtern alles zu sehen, fühle mich nicht ganz wohl dabei, brauche viel Freiraum für mich.
Hier ist sehr viel Negativenergie im Umlauf, ich kann nicht jeden Tag damit umgehen. Die Tage werden mehr, wo ich es nur beobachte, aber wenn ich selber was habe, dann komme ich kaum zurande.

Ein neues Bild entsteht:

im Sog

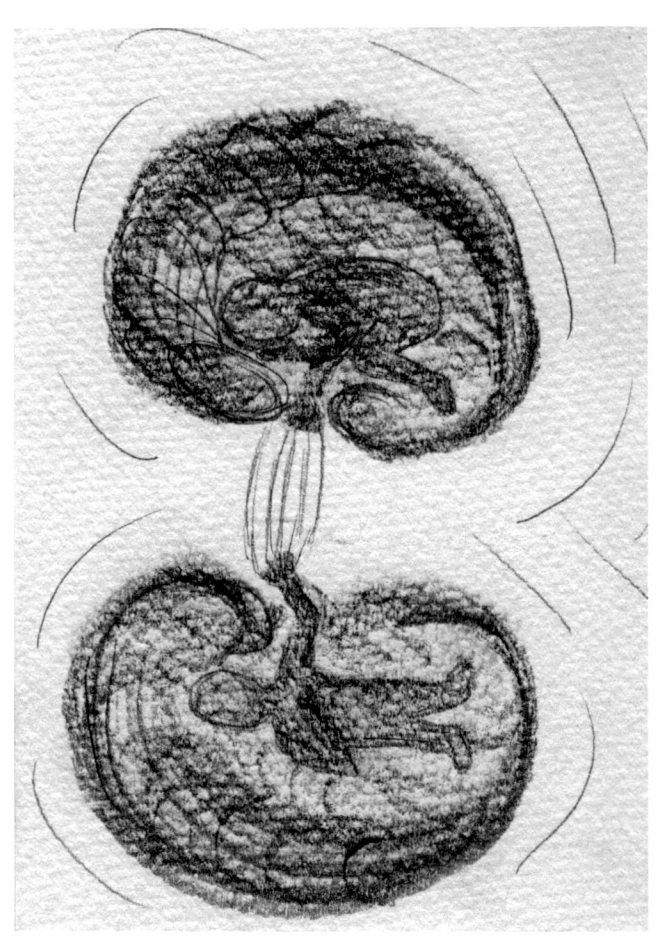

Montag ,den 26.August 2002

Der erste Tag nach einem Kurztrip ans Meer.
Noch total überwältigt von den vielen Eindrücken dort
fühle ich mich hier im bei der Arbeit total fehl am Platz.
Die Begrüßung heute Morgen war auch alles andere als
amüsant. Bis heute Mittag war ich jedenfalls sauer. Auch
zu hören, dass hier schon aufgerechnet wird, wie oft wer
frei macht, ist schon ätzend.
Schließlich war es am Anfang klar, dass ich diese Zeit
kriege, denn ich bleibe ja auch hier, ohne Urlaub. Klar will
ich nicht in Urlaub, das ist meine Entscheidung, aber erst
ist alles oki, dann ist wieder alles zum drüber herziehen.
Dabei war das Wochenende echt so schön, es hat so gut
getan mit jemandem zu reden, verstanden zu werden,
obwohl es mir Leid tut, dass andere auch soviel Scheiss
erlebt haben.

Freitag, den 30.08 02

Ein neuer verregneter Tag hier, so langsam ist das echt
nicht mehr schön mit dem Sauwetter. Aber das ist nun mal
was, woran nichts geändert werden kann. Also nutze ich
mal die Zeit, um wieder bisschen zu schreiben, zu malen,
zu lesen, zu gammeln.
Zum ersten mal habe ich eines meiner Bilder verschenkt,
einfach so, weil es mir wichtig ist, dass sie weiß, das mir
das Reden und Lachen und Bummeln im Kurzurlaub gut
getan hat.
Ob sie glücklich wäre, wenn sie wüsste, dass sie mich mit
den Gesprächen auch meinem Mann wieder näher gebracht
hat?
Durch die Auseinandersetzung mit dem Missbrauch und
die realen Träume dies betreffend, hatte ich einige Tage
echte Probs mit dem Umgang mit dem anderen Geschlecht.
Aber jetzt ist alles soweit wieder in ein normales Licht
gerückt. Die Trennung zwischen alt und neu ist wieder da.

Trotzdem tut sich in dieser Woche sehr viel. Die Nächte sind mir wieder ein Graus, ich träume so viel und verworren.

Der Traum, wo mich alle fertig gemacht haben, ich nur noch geheult habe, sie dann aus dem Wasser gezogen habe, mich trotzdem verteidigen, rechtfertigen, erklären musste. Ich habe sie angeschrien, ich bin nicht so stark und selbstbewusst, aber was ich tue, tue ich verdammt gut. Ich könnte mir in den Arsch beissen, dass ich soviel erzählt habe in der einsamen Phase.

Aber vielleicht stimmt das Ergebnis am Ende. Dann ist alles oki.

Ich will jedenfalls den Rest meines Weges nicht zu intensiv mit anderen teilen, das ist nicht gut für sie und nicht für mich.

Ich der einsame Wolf, so wie früher. Der Gedanke hat ja was für sich, aber wie das so ist, wenn man mal was anderes kennt, dann will man nicht mehr zurück, ich will nicht mehr zurück in die Einsamkeit.

Ich bin einer lieben Freundin so dankbar für die Geschichten und Gedichte, die sie geschickt hat, denn da ist für fast jeden Tag was dabei.

Gerade die Geschichten vom einsamen Herzen und der traurigen Traurigkeit und der Hoffnung, die sind so bildlich. Ich sehe mich und sie darin, ich bin der Zeit hier so verbunden und ich merke, dass auch mein Liebster sich langsam wieder fängt.

Ich hoffe so sehr, dass auch er die Kurve kriegt, bin ich erst mal wieder zu Hause. Ich brauche seine Hilfe so sehr, in der Tat und nicht nur im Bild.

Auf Dauer macht das mürbe immer wieder erklären zu müssen.

Aber was das angeht bleibt mir nur Abwarten.

Was ich hier noch in Angriff nehmen kann ist das Abnehmen, aber ich kompensiere wieder alles über Essen, egal ob Müdigkeit oder Trauer, Stress oder was auch immer. Ich merke aber immer mehr wie positiv ich mein Leben gelebt habe, trotz all der Scheiße, trotz der Tyrannei in meiner alten Welt, dem Missbrauch, der Schläge, dem Terror, dem Chaos.

Mein Bedarf an Ordnung, was Geld und Geborgenheit angeht ist erklärbar und verständlich geworden. Mein gestörtes Verhältnis zu meinem Körper ist durchsichtiger geworden, aus einer schwarzen Wand ist Milchglas geworden.

Ich erkenne Zusammenhänge zwischen Ereignissen, nicht unbedingt zeitliche aber doch sinnliche. Die Prügel wegen der Binde und das Sommertrauma mit diesem Jungen Mann haben sehr viel miteinander zu tun.

Alles was ich tue, ohne es zu wollen, sprich essen, mich verkriechen, das sind Mechanismen, die ich habe um mir zu beweisen, dass ich es tun kann.

Dummerweise kann ich aber nicht aufhören es zu tun, ich muss immer weiter essen, zeigen, dass ich es tun kann so oft ich will und wie ich will.

Das Gefühl es könnte weggesperrt werden ist immer noch da, Hamstern ist angesagt. Bescheuert.

Mich zum Sport überwinden kostet zur Zeit wieder viel Kraft, die ich aufzubringen nicht unbedingt bereit bin, reiner Vorführeffekt für die anderen, aber auch das ist wieder was, was abzuwarten bleibt. Ohh, ich bin so müde, werde versuchen mich für den Nachmittag auszuklinken.

Ich finde den einen Spruch so passend: etwa: hast du die Liebe deines Lebens gefunden, wirst du augenblicklich mit deinem ganzen Leben darauf antworten. Ob das auch für einen echten Verbündeten gilt? Ich freue mich auf zu Hause!!!!!!!!!!!

Dienstag, den 22.Oktober

Mann, wer hätte das gedacht. Bis vor 4 ½ Wochen war alles noch ganz anders. Manchmal reicht eine so kurze Zeit, um ein ganzes Leben neu zu ordnen. Der Anruf von meinem Mann am 20. September hat alles verändert. Gerade hatten wir uns hier zusammengerauft nach einer ziemlich krassen Phase für uns alle. Ich hatte mich ziemlich überrumpelt gefühlt, als sie mir den Urlaub von einem Kollegen aufschwätzen wollten. Das war am Donnerstag, am Freitagmorgen rief mein Liebster an, um mir zu sagen, dass sein Vater gerade gestorben sei. Ich sagte sofort, dass ich Heim käme. Innerhalb weniger Minuten war klar, dass ich für 2 Wochen Heim fliege. Ich flog nach Deutschland, habe mich trotz allen Kummers so sehr gefreut meine Familie, meinen Liebsten, meine Freunde und die Hundis endlich wieder in meiner Nähe zu haben. Ich war einfach nur froh in zu Hause zu sein. Alles war klar, am Mittwoch war die Beerdigung und danach blieben uns noch 1 ½ Wochen zum Erholen, bis ich wieder fliegen sollte. Doch erstens kommt es anders, und zweitens als man denkt, gelle... Am Mittwoch war dann die Beerdigung, es war die erste die ich so bewusst erlebt habe, bei der ich so gelitten habe, mit der ich so gut klar kam. In der Woche zuvor hatte ich noch mit meinem Schwiegervater telefoniert, habe lange mit ihm gequatscht und wir haben uns vieles gesagt, vieles einfach gewusst. In Erinnerung an dieses Telefonat wurde mir auch klar, dass ich da nicht einen Schwiegervater beerdige, sondern meinen Papa. Zum Glück musste ich das nicht mal erklären, denn mein Mann hat das natürlich schon gleich gewusst. Doch er hat das Talent mir die Chance zu geben, vieles einfach selber herauszufinden. Nun ja, die Erkenntnis hat es mir nicht unbedingt leichter gemacht Abschied zu nehmen, doch es tat irgendwie gut sich im Nachhinein immer noch geliebt zu fühlen. Das Verhalten meines eigenen Vaters an diesem Tag war dann in meinen Augen dermaßen unangebracht, ich war so davon überzeugt, dass er der größte menschliche Versager aller Zeiten ist, wie noch nie vorher. Er hatte einfach nichts verstanden und kann auch nicht damit umgehen, wie ich geworden bin. Umso krasser die Postkarte, die ich hier gestern vorgefunden habe, in die er versucht hat Liebe und Fürsorge einzubringen. Im ersten Moment war das auch sehr schmeichelhaft, doch es bleibt das Bild des einsamen Versagers, von dem ich nichts brauche. Jedenfalls ging dieser Mittwoch vorüber, es machte sich die Erleichterung darüber breit und endlich konnten wir unseren Gefühlen Platz machen. Mein Mann selber sagte, dass es ihm höchste Zeit wurde, dass der offizielle Teil vorbei sei und alles erledigt war. Er hatte den Kopf behalten, sich um vieles gekümmert und war jetzt am Ende. Der Zeitpunkt, für den ich heimgekommen war, um ihm zur Seite zu stehen. Bei der Beerdigung selbst hatte er sich um seine Mutter gekümmert. Als der Sarg in das Grab gelassen wurde, hab ich gemerkt wie endgültig doch der Tod ist. Es wurde jedenfalls Donnerstag und das Leben nahm seinen Lauf. Wir sind erst mal zum Einkaufen, denn die wenigen Vorräte von Montag waren verbraucht. Ausserdem wollte man sich doch auch zeigen, dass es weitergeht. Das große Problem war nur, dass ich im Laufe des Nachmittages zunehmend Probleme mit dem Wasserlassen bekam. Es brannte und ich musste alle Nase lang aufs Klo. Also Blasentee besorgen und Heim. Innerhalb weniger Stunden war der Urin blutig, doch mit viel Trinken hatte ich Freitagmittag das Gefühl alles im Griff zu haben, ich wollte auf keinen Fall die kostbare Zeit mit Doktor verschwenden. Fehler!! Am Samstag kam Fieber dazu, im Krankenhaus wurde Katheterurin entnommen und es gab Antibiotika. Am Sonntag im ambulanten Ultraschall war die Niere gestaut und ich sollte zum Urogramm am Montag wiederkommen, was ich auch tat. Danach lag ich bis Freitag in der Woche darauf stationär, dachte das Leben ist wieder mal scheisse und hatte alle Mühe mir einen Rückflug in mein Auslandsprojekt zu erkämpfen. Ich selber hatte schon fast den Mut aufgegeben für meinen

Wunsch einzustehen, doch ich hatte einfach das Gefühl, es wäre ein grosser Fehler das ganze hier unbeendet zu lassen. Bei dem Gedanken, dass jemand anders als ich selber hier meine Sachen einpackt bin ich fast wahnsinnig geworden. Ich habe nur gemerkt, dass mich der Tod aus einem laufenden Prozeß geholt hat, den ich unbedingt abschliessen muss. In meinem Doc hatte ich dann tatkräftige Unterstützung und als auch die Blutwerte soweit im grünen Bereich waren, war alles klar. Mein Rückflug war gebucht, ich wusste alles ist richtig. Ich wurde bis zum Flug krankgeschrieben, und hatte eine Woche Zeit um mein zu Hause zu geniessen und mich zu erholen. Das habe ich auch getan, ich habe meine Freunde! gesehen, habe meine Liebsten unterstützt, habe die Hunde und die Kinder verwöhnt.

Nach meiner endgültigen Rückkehr nach Hause bin ich rumgerast durchs Haus und hab die Schwangerschaftstests gesucht, die er im Scherz nach meiner Ankunft in Deutschland gekauft hatte. Gefunden hab ich sie nicht, und ich hatte keine Ahnung was los war mit mir, doch eine Ahnung hatte ich, grins... Freunde fanden das superlustig, als ich abends davon erzählte, denn die fanden den Gedanken daran, dass ich schwanger sein könnte total cool. Ich zunehmend auch, aber das wäre zuviel Zufall. Sollte sich Schwiegerpapa was dabei gedacht haben, oder die Macht, die ihn hat sterben lassen? Quatsch. Es war Donnerstag und mein Mann mit den Hundis Gassi, ich hatte endlich die Tests gefunden und bin direkt zum Klo getigert. Hmm, Pipi, 10 Sekunden reinhalten, Kappe drauf und auf die Uhr gucken. Routine, das hatte ich in den letzten Jahren öfter gemacht, immer vergebens. Nach 6 Minuten hatte sich immer noch nichts getan, auch nicht nach 10, doch diesmal war halt alles anders. Bereits nach einer guten Minute wurde der Streifen sichtbar, noch vor dem im Kontrollfeld, dieser Test war ja so was von positiv. Ich habe gelacht, geheult, bin im Kreis gelaufen, hab x-mal draufgeguckt. Der Streifen blieb. Ich bin schwanger. Seit ca. 3 Wochen trage ich ein kleines Lebewesen in mir, wo bleibt jetzt dieser Mann? Nach etlichen Blicken aus der Haustür kommt er endlich. Ich frage ihn schon in der Haustür, ob es wohl ein Problem wäre für unser neues Auto noch einen Kindersitz zu bestellen und er guckt mir in die Augen: echt? Und ich: ja!

Und er fällt mir in die Arme und ist emotional total am Ende vor Freude und vor Trauer, denn: wen soll er denn jetzt fragen? Wir sind ein Team, chaotisch, aber gut, alles wird gut. Die erste, die es erfährt am Abend, erdrückt mich bald und freut sich total, dass sie Goodie sein soll, hoffentlich geht alles gut. Doch was unter so verrückten Bedingungen entsteht, dass kann doch nur unter einem guten Stern stehen, oder??? Es muss einfach. Ich bin so was von schwanger wie es die Welt schon lang nicht mehr gesehen hat.
Ich habe alles getan und erreicht, was ich mir in den letzten Jahren vorgenommen habe, jetzt bin ich bereit für eine Familie. Ich freu mich so sehr, ich platze vor Liebe und Stolz.

Es folgt eine super Zeit, die Schwangerschaft läuft gut, ich geniesse, ja ich geniesse diese Phase in vollen Zügen.
Mein Kind kommt gesund zu Welt, es ist klar, dass ich jetzt versuche die Super-Mama zu sein, die in meiner Phantasie einer Mama gerecht wird. Zum Glück habe ich meinen Liebsten an meiner Seite, der es immer wieder schafft, mein Weltbild in die Gerade zu schieben.

Im Herbst stirbt meine Mutter,
im Winter breche ich endgültig den Kontakt zu
meinem Vater ab. Nein, mein Kind bekommt er
nicht in seine Hände, mein Augapfel wird niemals
seine kranke Seite kennen lernen müssen.
Ich bekomme Papiere in die Hand, die beweisen,
dass mein ach so korrekter Vater ein echt kranker
Typ ist, die beweisen, dass ich nicht träume,
sondern mich erinnere...

Es wird Zeit die Therapie wieder in Angriff zu
nehmen. Es wird Zeit die aufkommenden Zweifel
an der Richtigkeit des Weges zu beseitigen.
Es wird Zeit den nächsten Batzen Müll zu
entsorgen. In mir kocht es wieder, neue alte Bilder
wollen heraus.
Die Lebenskraft, die mich umgibt droht mich zu
erdrücken, ich brauche dringend einen Kanal für
mein erneutes drohendes Untergehen...

Ich sammle meine Gefühle, fasse sie in Bild und
Wort und starte durch zum Endspurt...
Weiter auf der Suche nach festem Halt und
eigener Sicherheit.

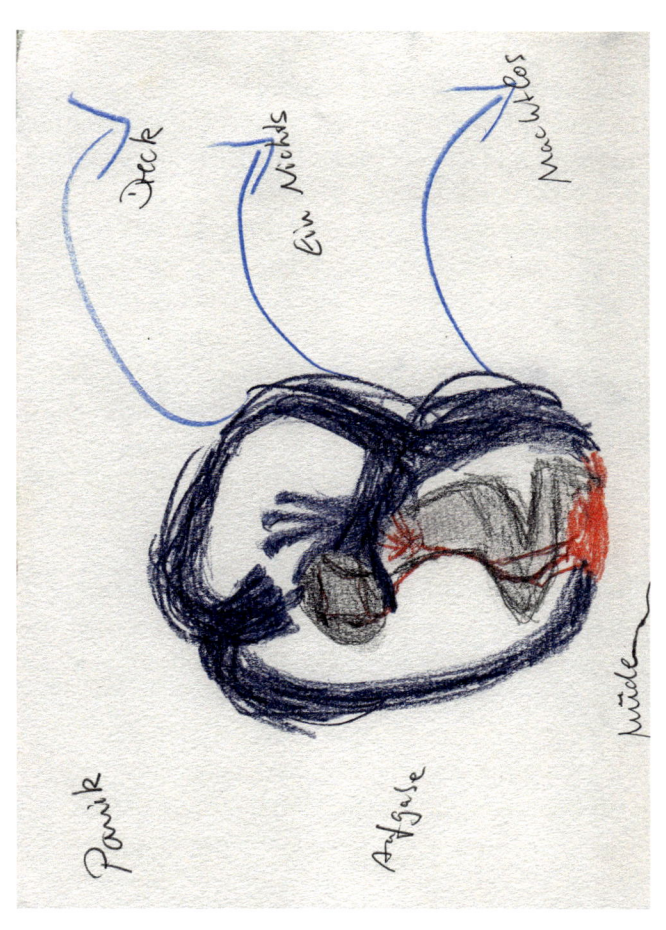

Deck

Ein Nichds

Machtlos

Panik

Aufgabe

Müde

Ich habe weiter an mir gearbeitet, oftmals kurz
vor dem Aufgeben gestanden.
Doch immer dann, wenn ich nicht mehr wollte,
zeigte sich in mir ein neues Stück Erinnerung, eine
neue Idee von Ruhe und Gelassenheit.
Ich arbeite hart an meinem Leben, die Arbeit
fängt an sich zu lohnen. Ich hätte nie gedacht,
dass sich die Therapie über Jahre hinweg
hinziehen würde, ich habe Pausen gemacht, ich
habe intensive Phasen gehabt.
Mit der Erkenntnis, dass meine Erinnerungen an
meine früheste Kindheit nicht bloss Spinnereien
waren, öffnete sich der Weg für eine letzte Phase.

Über Recherchen in der Umgebung meiner
Kindheit und nicht zuletzt in dem Archiv eines
grossen Zeitungsverlages fand ich die Geschichte,
die mein Leben prägte, mein Talent zum Überleben
aktivierte.
Ich fand den Bericht über diesen Tag in der
Ausgabe einer Zeitung und die Erinnerung traf
mich wie ein Hammer. Die Hintergründe dieses
traurigen Tages werden nie mehr etwas ändern
können, es starben zwei Menschen, es gab ein
grosses Feuer, es gab einen Hubschrauber und ich
trug an diesem Tag ein Kleid…

Es bedurfte noch mal einer heftigen Erkältung um
die wohl grausigsten Bilder meiner Seele
entweichen zu lassen. Ein Hustenanfall mit

heftiger Atemnot ließen in der Nacht erneut
Bilder hochkommen.
Der Unterschied zu vorher war nur der:
Ich kann sie zuordnen, sie machen mir keine Angst,
sie festigen mich, geben mir meinen Boden, denn
sie sind ein Teil dessen, was mich fast 30 Jahre
hat taumeln lassen.

Sie nehmen mir kurz den Atem, reissen mich in die
Tiefen des Dunkels.
Glücklicherweise haben sie in mir geschlummert,
bis ich mit ihnen zurechtkommen konnte. Ich stelle
mich ihnen, male sie, betrachte sie und verstehe...
Verstehe, warum ich niemals ertragen kann, wenn
mir einer die Luft nimmt, verstehe, warum ich mich
verfolgt gefühlt habe, eingeengt, unterdrückt,
verletzt....

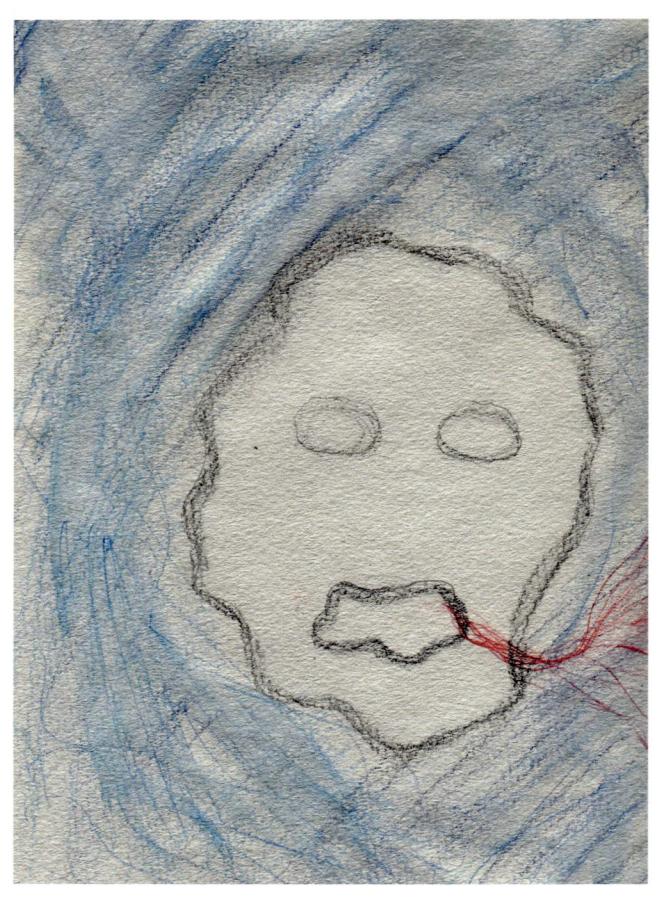

Die wichtigste Lektion ist gelernt:

Ich muss mein Kind in mir nicht hassen,
ich war und bin das Opfer einer Geschichte,
eine Geschichte,
die sich Tag für Tag mehr zum Guten wendet.

Ich werde noch häufig meinen dunklen Tagen
begegnen,
ich werde noch häufig meine erreichten und zu
erreichenden Ziele in Frage stellen,
aber bei all dem weiss ich:
 ich bin mir meiner selbst sicher, und ich bin mir
schon immer treu geblieben, auch wenn diese
Treue viele, viele Jahre in mir versteckt war.

Komm, du kleines ich,

fürchte dich nicht länger

und lass dich von mir zu

deinem Baum führen.

Der

liebevollste, fürsorglichste,

wachsamste Bär aller Zeit

ist dort dein Beschützer

Ich danke dir mein liebster Bär, dass du mich
begleitest durch all die Zeit die wir uns kennen.
Ich danke dem Schicksal, dass es uns
zusammengeführt hat.
Lass uns nie vergessen zu reden, zu kuscheln, den
Mut zu haben uns zu lieben.

Deine Frau